afblijven

CARRY SLEE

www.carryslee.nl

Eerste druk 1998
Dertigste druk 2013

© 2013 Carry Slee en FMB uitgevers bv, Amsterdam
Omslagontwerp Suzanne Bakkum
Omslagbeeld © Marc Plantec/Getty Images
Opmaak binnenwerk ZetSpiegel, Best

ISBN 978 90 499 2651 9
NUR 284

Carry Slee is een imprint van FMB uitgevers bv

Dit boek is ook leverbaar als e-book
ISBN 978 90 499 2622 9

Voor Marianne van Gink, die niet alleen leerlingen weet te stimuleren tot lezen, maar ook schrijvers tot schrijven.

Afblijven verscheen voor het eerst in 1998. Dit boek werd bekroond door de Nederlandse Kinderjury en de Jonge Jury. De film *Afblijven*, waarvoor Maria Peters de regie en het scenario verzorgde, is gebaseerd op het gelijknamige boek van Carry Slee en ging in 2006 in première.

I

Met een glimlach op zijn gezicht trekt Jordi de brede houten deur achter zich dicht. Het is hem gelukt, hij heeft het baantje! Maandag kan hij beginnen. Tweehonderd euro per maand krijgt hij en daarvoor hoeft hij alleen een paar uurtjes per dag schoon te maken. Hij heeft er wel voor moeten zweten. Al die vragen die hij moest beantwoorden.

'Ben je handig?'

'O, heel handig, meneer.' Hij heeft maar niet verteld dat hij bijna altijd iets breekt als hij de afwasmachine vult. En dat hij in zijn eigen emmer met sop is gestapt toen hij thuis de vloer moest schrobben.

Nu kan hij tenminste deze zomer met Melissa en haar ouders mee naar Kreta. Zijn vader en moeder zijn niet van plan zijn hele ticket te betalen, omdat hij ook al op Zomertoer gaat. Hij was al bang dat hij Kreta moest afzeggen, maar nu is het probleem opgelost. Hij gaat er zelf voor werken.

Jordi had niet verwacht dat Melissa's ouders het goed zouden vinden dat hij meeging. Melissa heeft het wel heel slim gespeeld. Ze deed net alsof het voor Jordi een soort studiereis zou worden. Haar ouders weten dat hij later archeologie wil studeren. Hij kent hen al zo lang. Hij heeft ook met Melissa op de basisschool gezeten. Melissa zei doodleuk dat ze samen naar Knossos zouden gaan om het paleis van koning Minos te bezoeken en dat Jordi van plan was de archeologen daar te vragen of ze mochten helpen bij de opgravingen. Het had wel effect.

'Dat is nog eens iets anders dan dat gehang op die camping zoals vorig jaar,' zeiden Melissa's ouders.

Jordi moet er wel om lachen. Hij is echt niet van plan de hele dag opgravingen te bekijken. Ze gaan ook lekker op het strand liggen bakken.

Tweehonderd euro per maand! Wat kan hij daar niet allemaal van doen. Jordi heeft zin om het te vieren. Zal hij nog even naar het

Kooltuintje gaan? Zijn vrienden zitten er vast nog. Elke vrijdag drinken ze daar iets om de week af te sluiten. Dan kan hij Kevin ook meteen te pakken nemen. Kevin liet hem deze week een scherf zien, zogenaamd een heel oude die zijn opa had opgegraven. Jordi mocht hem kopen voor een tientje. Op het eerste gezicht trapte Jordi erin, maar toen hij goed keek, herkende hij het motief van het servies van Kevins moeder. Hij liet niks merken.

'Dat is een interessante vondst, de koop is gesloten,' zei hij. 'Morgen krijg je een tientje van me.'

Jordi verheugt zich nu al op Kevins gezicht. Gisteravond heeft hij op de computer een briefje van tien nagemaakt. Het ziet er zo echt uit dat Melissa er niks bijzonders aan zag. Hij weet bijna zeker dat Kevin erin trapt.

Jordi rijdt fluitend in de richting van het centrum. Als hij bij het Kooltuintje aankomt, herkent hij de BMX van Kevin. Hij snapt niet dat die mafkees elke dag op zijn crossfiets naar school gaat. Jordi heeft er een keer op gefietst en je moet je gek trappen om vooruit te komen.

Jordi gooit de deur van het café open. 'Ik kom net op tijd, jullie glazen zijn leeg.'

Zijn vrienden denken dat hij een grap maakt. Jordi heeft nooit een cent op zak.

'Ik heb wat te vieren, ik ben aangenomen bij een schoonmaakbedrijf. Tweehonderd euro per maand, jongens. Maandag begin ik.'

'Tweehonderd per maand?' Kevin valt bijna van zijn stoel. 'Hebben ze daar nog iemand nodig? Ik moet een nieuw stuur op mijn BMX, zo een dat kan draaien.'

'Dat krijg je van mij, voor je mooie rapport,' zegt Jordi.

'Jij durft.' Kevin geeft zijn vriend een trap.

Fleur en Debby moeten lachen. Ze vinden het wel gemeen van Jordi. Kevin heeft net vanmiddag gehoord dat hij voor vijf vakken onvoldoende staat.

'Als je toch uitdeelt, heb ik ook een wens,' zegt Fleur. 'Ik heb een cd-speler nodig.'

'Hallo, wat zijn we weer bescheiden,' zegt Jordi.

'Twee maanden werken en je hebt het bij elkaar gespaard, dat heb je toch wel voor me over?' Fleur kijkt er poeslief bij.

'Vooral als je het met zoveel plezier doet,' pest Kevin. 'Zeg eerlijk, lekker kauwgum uit asbakken peuteren en pisbakken schoonmaken. Je houdt er toch zo van om in ouwe troep te wroeten?'

'Fijne vrienden,' lacht Jordi. 'Ik ben blij dat ik even ben langsgekomen. Debby, heb jij nog wensen?'

Debby legt haar nagelvijl neer. 'Ik zoek een lekker ding; als je me daaraan kan helpen.'

We zijn er weer, denkt Jordi. Debby heeft ook nooit iets anders aan haar hoofd dan jongens.

'O ja, je krijgt nog geld van me.' Jordi haalt het valse briefje van tien uit zijn zak.

Kevin pakt het lachend aan. 'Niet gek voor die scherf van mijn moeders servies. Die wil later archeoloog worden, jongens. Als je het zo doet, ga je wel failliet.'

'Wat stom van me,' zegt Jordi met een stalen gezicht. 'Hij zag er echt heel bijzonder uit. Zonde van mijn tientje.'

'Ik zal je matsen, ik haal wat te drinken voor je.' En Kevin loopt met een overmoedig gezicht naar de bar.

Jordi stoot zijn vrienden aan. Ze zien dat John die achter de bar staat het bankbiljet aanpakt, in de la van de kassa stopt en het er dan weer uithaalt. Hij bekijkt het zorgvuldig en legt het dan op de bar neer. 'Wou je me flessen?'

'Hoezo?' vraagt Kevin.

Als John merkt dat Kevin echt niet snapt wat hij bedoelt, wijst hij op het watermerk. 'Dat ding is vals, man, je hebt je laten neppen.'

Iedereen begint te lachen. Met een knalrood hoofd komt Kevin naar Jordi toe. 'Je bent me weer te slim af geweest, De Waard.'

Fleur houdt het tientje omhoog. 'Het ziet er ook wel heel echt uit.'

'Melissa zag het ook niet,' lacht Jordi. Hij kijkt zijn vrienden aan. 'Waar is ze trouwens?'

'Daar.' Fleur wijst naar een hoek van het café, waar Melissa met een oudere jongen staat te praten.

'Wist je dat niet?' zegt Debby. 'Dat is haar nieuwe liefde.' Jordi weet best dat Debby dat zegt in de hoop dat hij ervan schrikt.

Debby zinspeelt er altijd op dat Jordi verliefd op Melissa is. Hij reageert er niet eens meer op. Hij loopt naar de bar en bestelt vijf cola. Hij gaat ervan uit dat Melissa ook zo komt.

Even later zet Jordi de glazen op tafel. 'Nou jongens, jullie weten bij wie je in het vervolg kunt lenen.'

'En zeker met een woekerrente terug moeten betalen,' lacht Kevin. 'Ik zeg proost.'

Jordi krijgt gelijk. Melissa komt hun kant op.

'Tot volgende week vrijdag dan,' horen ze haar zeggen.

'Wat is er volgende week vrijdag?' vraagt Jordi als de jongen weg is.

Melissa is zo opgewonden dat ze niet uit haar woorden kan komen. 'Ik… nou, het is helemaal te gek!' En ze geeft hun alle vier een zoen.

Nu worden ze nog nieuwsgieriger. 'Vertel op.'

'Ik mag misschien in een clip.'

'Wat…?' Hun mond valt open.

Jordi ziet dat Debby rood wordt.

Melissa vertelt dat die jongen haar aansprak toen ze naar de bar liep.

'Die gast zat al de hele tijd naar je te loeren,' zegt Fleur.

'Eerst keek hij naar mij, maar hij zag natuurlijk dat ik zoiets nooit zou doen,' zegt Debby.

Nou snapt Jordi waarom Debby kleurde. Ze kan het niet hebben dat die jongen voor Melissa heeft gekozen. Gelukkig heeft Melissa niks in de gaten.

'O, ik voel me helemaal te gek.' Melissa drinkt in een teug haar glas cola leeg. 'Rob Houtenbos heet hij en hij zoekt iemand voor in zijn clip en mij vond hij wel geschikt. Hij weet alleen nog niet hoe ik dans, daarom hebben we volgende week vrijdag in de studio afgesproken.'

'Dat kan nooit een probleem worden,' zegt Jordi. 'Je bent keigoed.'

'Je zit al jaren op jazzballet. Nee, die clip is voor jou. Gefeliciteerd.' Fleur is bijna net zo blij als Melissa zelf.

Kevin weet niet zo goed hoe hij moet reageren. Hij is nooit meteen enthousiast. Pas als iets echt zeker is, is hij apetrots. Jordi kent dat wel van hem. Zo ging het ook toen Jordi een oude vaas had gevonden. De anderen gingen helemaal uit hun dak toen ze het hoorden. Alleen Kevin zei niet veel. Maar nu die vaas in het oudheidkundig museum staat, bazuint hij het overal rond.

'Dit is dus precies wat je wilt,' zegt Jordi.

Melissa neemt een trekje van Debby's sigaret. 'Het is wel eng, hoor.'

'Wat doe je met je ouders?' Jordi weet hoe streng ze zijn. Melissa mocht eigenlijk ook niet mee op Zomertoer. De moeder van Fleur heeft Melissa's ouders overgehaald. Het ging niet gemakkelijk. Fleurs moeder heeft een hele avond moeten pleiten.

'Wat denk je nou?' zegt Melissa. 'Ik hou mijn mond. Mijn vader krijgt een aanval. Ik weet nu al wat hij gaat zeggen. "Hou jij je maar met je schoolwerk bezig, daar hebben we meer aan." Denk maar niet dat ik daar heen mag. Trouwens, hij zou meteen naar de studio bellen om te vragen wie Rob Houtenbos is. Die jongen moet eerst examen doen voordat hij met mij mag werken.'

'Hij zag er echt niet naar uit dat hij daar zin in had,' zegt Kevin.

'Nee, dan kiest hij alsnog voor jou.' Jordi steekt zijn tong naar Kevin uit.

'Dat zit er dik in,' lacht Kevin. 'Je zag hem twijfelen. Hij wist echt niet wie van de twee hij moest kiezen. Hij heeft tot het laatst gewacht en toen gooide hij een muntje op.'

'Volgens mij wou hij alleen een rondje op je BMX,' zegt Jordi.

'Staat hij er nog?' Kevin schiet naar het raam. Als hij zijn crossfiets ziet, gaat hij opgelucht zitten.

'Het is wel een feestdag,' zegt Jordi. 'Eerst viel ik in de prijzen en nu Melissa.'

'Hoe bedoel je? Heb je een baantje?' vraagt Melissa.

Jordi wil Melissa over het schoonmaakbedrijf vertellen, maar ziet dan tot zijn schrik dat het al half zes is. Vanavond eten ze vroeg omdat zijn moeder een cursus heeft. 'Je hoort het nog wel, ik moet weg.'

'We bellen.'

'Later.' Jordi rent het café uit.

Gelukkig is hij niet te laat. Zijn moeder is nog in de keuken bezig. Jordi loopt meteen door naar de kamer. 'Ik heb goed nieuws,' zegt hij blij.

Zijn vader legt het tafelkleed op tafel. 'Je hebt zeker een goed cijfer voor je wiskunde.'

'Ja eh...' Jordi praat er gauw overheen. Het lijkt hem nu niet het juiste moment om te vertellen dat hij een drie had. 'Ik heb een baantje.'

'Zo.' Zijn vader pakt de borden uit de kast.

'Wat zijn we weer lekker enthousiast,' zegt Jordi.

'Ik wil eerst eens horen wat voor baantje dat is,' zegt zijn vader.

'Schoonmaken. Elke avond van zes tot acht.'

Jordi's vader zet de borden neer en kijkt Jordi aan. 'En jij denkt dat ik dat goedvind?'

'Ik mag toch wel wat bijverdienen?' zegt Jordi.

'Daar heb ik geen bezwaar tegen,' zegt zijn vader. 'Maar elke avond twee uur schoonmaken vind ik niet "iets bijverdienen". Dat gaat ten koste van je schoolwerk.'

'Ik krijg er tweeehonderd euro in de maand voor,' zegt Jordi verontwaardigd.

Vader schudt beslist zijn hoofd. 'Als jij blijft zitten, kost het mij veel meer.'

'Ik blijf helemaal niet zitten,' probeert Jordi nog maar het heeft geen enkel effect. Zijn vader luistert gewoon niet naar hem.

'Waarom ga je niet op zaterdag in de supermarkt werken?'

'Heel goed bedacht,' zegt Jordi. 'Heb je die wachtlijsten gezien? Tegen de tijd dat ik aan de beurt ben, zit ik al in het bejaardenhuis.'

'Het kan me niet schelen,' zegt vader. 'Dit gaat in geen geval door. Je belt het maar af.'

'Dat kan helemaal niet,' antwoordt Jordi. 'Ik heb al gezegd dat ik kom.'

'Hoor je me? Je belt het nu onmiddellijk af.'

Jordi ziet aan zijn vaders gezicht dat het menens is. Hij pakt de telefoon en gaat naar boven. Met een klap slaat hij de deur van zijn kamer dicht. Ze hoeven er niet op te rekenen dat hij aan tafel komt. Zeker tegen die kop van zijn vader aankijken. Als hij trek krijgt, neemt hij wel een boterham. Hij kan het niet uitstaan. Nou heeft hij eindelijk een baantje en dan moet hij het afzeggen. En hij heeft net in het Kooltuintje zijn laatste centen er doorheen gejaagd. Dat wordt gezellig. Hij heeft niet eens geld voor een colaatje. Hij kan ook niet de hele week op de zak van zijn vrienden teren. Jordi geeft woedend een trap tegen zijn bureau. Hij voelt zich machteloos. Tegen dit gedoe kan hij dus niks beginnen. Het heeft geen zin om erop terug te komen. Als zijn vader zo'n bui heeft, valt er helaas niet met hem te praten.

2

Jordi pakt met tegenzin zijn tas in. Hij heeft altijd moeite met de maandag. Het idee dat hij weer de hele week naar school moet. Het weekend was juist zo fijn.

De ruzie met zijn ouders duurde vrijdag niet lang. Nog voor het eten was zijn vader boven gekomen om te zeggen dat het hem speet dat hij zo autoritair was opgetreden. Jammer genoeg bleef hij wel bij zijn standpunt. Om het goed te maken had hij Jordi zaterdag mee naar Amsterdam genomen. Daar was een tentoonstelling over grafvondsten van de Etrusken. Jordi zag allemaal voorwerpen die de Etrusken in hun graf hadden meegekregen. Zijn vader had zo'n gulle bui dat hij ook nog een catalogus voor hem had gekocht.

'Van mij mag je vaker zo'n aanval hebben, pa,' had Jordi gezegd toen ze thuiskwamen.

Hij pakt zijn rugtas en loopt de trap af.

'Jordi!' klinkt het achter hem als hij even later op de fiets zit. Hij herkent de stem van Melissa. Ze komt hijgend aangescheurd.

'Hoe kan het nou dat je me niet hoorde? Ik schreeuwde me rot.'

'Sorry, mijn gehoorapparaatje staat nog niet aan,' lacht Jordi.

'Ik heb een baantje voor je,' zegt Melissa.

Jordi vertrouwt het niet. 'Het is toch niet toevallig één april, hè?'

'Ik meen het.' Melissa kijkt er bloedserieus bij. 'Mijn vader rijdt in het weekend zijn auto altijd door de carwash. Ik heb hem gevraagd of jij in het vervolg zijn auto mag schoonmaken. Dat levert je tien euro op. Niet gek, toch? Ben je niet blij?' vraagt ze als Jordi geen antwoord geeft. 'Je wou toch wat verdienen?'

'Ik vind het heel tof van je vader,' zegt Jordi. 'Maar ik weet niet of ik het kan aannemen. Hoe kan ik nou geld aanpakken van jouw ouders. Ik mag met ze mee op vakantie.'

'Waar slaat dat nou weer op,' zegt Melissa. 'Mijn vader is er blij mee. Nu hoeft hij tenminste niet elke zaterdag naar die stomme carwash. En je weet hoe hij is, zijn auto moet er tiptop uitzien.'

Jordi knikt. Hij weet hoe netjes meneer de Raaf op zijn auto is. Maar dat is ook wel logisch. Omdat hij makelaar is, rijden er vaak klanten met hem mee.

'Je doet het dus?' vraagt Melissa.

'Mag ik er even over nadenken?' vraagt Jordi.

'Nee,' antwoordt Melissa beslist.

Jordi moet lachen. 'Hoezo: onder de plak van mijn vriendin?' Hij geeft Melissa een klap op haar schouder. 'Ik vind het wel te gek dat je aan me hebt gedacht.'

'Dat is eigenbelang,' zegt Melissa. 'Ik wil dat jij mee naar Kreta gaat.'

Zodra Melissa het schoolplein op rijdt, barst er gejuich los en een paar klasgenoten roepen: 'Mag ik je handtekening?'

Melissa wordt er verlegen van. Ze glipt gauw de fietsenkelder in. 'Ik weet niet of ik het doe, misschien durf ik het helemaal niet.'

'Je gaat het helemaal maken,' zegt Fleur. 'Ik heb het gedroomd, echt hoor. Jij zat in een clip en je was hartstikke beroemd. Ik heb het vanochtend aan mijn moeder verteld, die gelooft er ook helemaal in.'

Melissa schrikt. 'Zo meteen komen mijn ouders erachter.'

'Geen paniek,' zegt Fleur. 'Ik heb mijn moeder uitgelegd dat je het nog even voor jezelf wil houden. Dat begreep ze meteen na die avond bij jullie. Het was een te gekke droom, ik was trots op je!'

Jordi moet lachen. Fleur is ook zo enthousiast. Maar Melissa krijgt het er benauwd van, dat merkt hij wel.

'Toen ik vannacht bedacht dat ik daar in mijn eentje moest gaan dansen, kreeg ik ineens een aanval.'

''s Nachts is alles enger,' zegt Fleur. 'Ik had me het hele weekend voorgenomen verkering aan Toine te vragen, maar toen ik in bed lag durfde ik het opeens niet meer.'

Melissa en Jordi vinden dat ze zich over haar angst heen moet zetten. 'Je praat al weken nergens anders over. Wat kan je nu gebeuren? Dat hij je afwijst. Nou en? Dan weet je dat tenminste.'

Debby is erop tegen. 'Zo meteen vertelt hij de hele school dat jij verliefd op hem bent. Als je dan door de aula loopt, begint iedereen te grinniken.'

'Onzin, zo is Toine helemaal niet.' Het komt er feller uit dan Jordi wil. Wat heeft hij toch een hekel aan Debby en het wordt steeds erger. Hij vertrouwt haar gewoon niet. Hij weet niet precies waarom, het is een gevoel. Melissa vindt haar ook niet zo aardig. Ze trokken nooit met haar op. Dat gebeurde pas toen Debby verkering kreeg met Fleurs broer. Die verkering is alweer uit, maar Fleur en Debby zijn vriendinnen gebleven.

'Moet je die nou zien!' Fleur begint heel hard te klappen. Kevin heeft een nieuw kunstje geleerd. Hij komt het schoolplein oprijden met één been op het stepje dat aan zijn voorwiel vastzit.

'Uitslover!' roept Jordi.

'Wat denken jullie?' vraagt Kevin. 'Kan ik zo in die clip?'

Ze schieten in de lach. Het past helemaal niet bij Kevin om in een clip op te treden. Het zou trouwens wel gezellig worden in de studio. Kevin zou zijn hele familie meenemen naar de opnames. Toen ze aan het begin van het schooljaar naar Londen gingen, kwam ook de hele familie hem uitzwaaien. Zijn oom en tante en een nicht en een neef: iedereen was van de partij. Volgens Kevin is dat echt Surinaams.

'Wie hebben we het eerste uur?' vraagt Kevin.

'Zuurstok. We krijgen een luistertoets.' Melissa haalt demonstratief haar agenda tevoorschijn. 'Ik schrijf alvast een onvoldoende op.'

'Ik kan dat Duits ook nooit bijhouden,' zegt Jordi. 'Ze ratelen maar door.'

Zelfs Fleur wordt er gestresst van en die is heel goed in Duits.

Kevin houdt een cd omhoog. 'Wat dachten jullie ervan om Zuurstok hierop te trakteren?'

Het duurt even, maar dan hebben ze het door. Kevin wil de cd's verwisselen. Ze halen de rest van de klas erbij en iedereen is er voor in. Ze verheugen zich al op het gezicht van mevrouw Zuurbier.

'Wat staat erop?' vraagt Jawad.

'Klassiek,' lacht Kevin. 'Hier luistert mijn broer altijd naar als hij niet in slaap kan komen.'

Nu weten ze genoeg. Kevins broer houdt van heavy metal.

'Nou nou, je hebt dit wel goed voorbereid.' Fleur geeft Kevin een complimentje.

'Ach ja, ik heb tijd genoeg, ík hoef niet de hele dag aan Toine te denken.'

'Hoe fiksen we dit, jongens?' vraagt Jordi gauw. Hij weet dat het niet meer ophoudt als Kevin en Fleur met elkaar beginnen te dollen.

'Een van ons houdt Zuurstok aan de praat en intussen verwisselt Melissa de cd's, want die zit er vlak naast.'

Iedereen vindt dat Jordi mevrouw Zuurbier moet afleiden. 'Jij bent de enige die ze nog ziet zitten.'

'Ziet zitten?' zegt Kevin verontwaardigd. 'Het kwijl loopt uit haar mond als ze je naam opleest.'

'Ja Jordi,' pest Fleur. 'Ik vraag me af hoe je dat voor elkaar hebt gekregen. Wat heb jij eigenlijk met Zuurstokje?'

'Shit.' Jordi slaat met zijn hand tegen zijn voorhoofd. 'Dat jullie er nu toch achter zijn gekomen. Ik zei nog zo tegen Zuurstokje dat ze die deur op slot moest draaien. Maar nee hoor, die perverseling.'

'Gadver.' De anderen griezelen. 'Je hebt wel een goeie smaak, hoor.'

'Je hoeft tenminste nooit bang te zijn dat iemand haar afpikt,' zegt Kevin. 'Dat lijkt me een veilig gevoel.'

'Ze geeft pas twee jaar Duits, wisten jullie dat.' Debby trapt haar sigaret uit. 'Ik vraag me af wat ze hiervoor gedaan heeft.'

'Volgens mij is ze uit het spookhuis ontslagen,' zegt Kevin. 'Er vielen te veel doden.'

'Help!' Fleur knijpt in Kevins hand.

'Wat is er?'

'Daar loopt Toine...'

'Nee hè? Ik dacht dat je last van een acute blindedarmontsteking kreeg.'

'Hij heeft zijn haar gebleekt,' zegt Debby. 'Dat staat hem dus echt niet.'

'Juist wel. Zien jullie hem al zitten achter zijn drumstel? Wat een kanjer.' Fleur kijkt Toine stralend na.

'Hij speelt in de schoolband,' vertelt Jordi.

'Echt?' Fleur grijpt hem van opwinding vast. 'Hoe weet je dat?'

'Van René, die speelt toch saxofoon?'

'René!' gilt Fleur. Je kan wel merken dat ze in de war is, want René staat vlak voor haar.

'Hoorde ik mijn naam fluisteren?'

'Vertel op, zit Toine in de schoolband?'

René knikt. 'Sinds vorige week.'

'Wanneer oefenen jullie?' vraagt Fleur.

Nu beginnen ze allemaal te joelen. 'O, wat een belangstelling ineens. Je interesseerde je nooit voor de schoolband.'

'De repetities zijn helaas besloten,' zegt René plagend.

'Attentie, attentie!' Kevin houdt de cd omhoog. 'Is iedereen het er nog mee eens?'

Als de hele klas knikt, geeft Kevin hem aan Melissa. Hij wrijft in zijn handen. 'Het is voor het eerst sinds tijden dat ik met plezier naar Duits ga.'

Kevin is niet de enige. Zodra de eerste bel gegaan is, lopen ze de trap op.

'Waarvoor zijn die blaadjes?' vraagt Fleur schijnheilig als ze de klas binnenkomen.

'Jullie krijgen een luistertoets.' Mevrouw Zuurbier kijkt erbij of ze de loterij hebben gewonnen.

'Nee hè?' Om het echt te laten lijken, gaan ze kreunend achter hun tafel zitten.

Bij de tweede bel doet mevrouw Zuurbier de deur dicht.

Iedereen kijkt naar Jordi. Hij mag wel opschieten, anders hoeft het niet meer.

'Mevrouw, mag ik iets vragen?' Zonder op antwoord te wachten, loopt Jordi met zijn boek naar de tafel van mevrouw Zuurbier. 'Zou u deze twee zinnen voor mij willen vertalen, daar kwam ik gisteravond niet uit.'

Terwijl hun lerares zich over Jordi ontfermt, buigt Melissa naar voren en wisselt de cd's om.

'Is het duidelijk?' vraagt mevrouw Zuurbier.

'Heel duidelijk.' Jordi loopt naar zijn plaats.

'Jetzt fangen wir an.' Mevrouw Zuurbier gaat naast de cd-speler staan. 'Ein, zwei...' telt ze, alsof het een wedstrijd is. Bij 'drie' drukt ze de knop in.

Iedereen slaat zijn ogen neer. De stilte duurt niet meer dan twee tellen, maar het lijkt een eeuw. In plaats van een keurige Duitse stem dendert er een oorverdovende heavy-metal-dreun door de klas.

Mevrouw Zuurbier loopt paars aan. Ze is zo in de war dat ze niet eens onmiddellijk de cd-speler afzet. Alles in haar gezicht begint te trillen.

'Wie heeft dit gedaan?' vraagt ze als ze eindelijk de knop heeft ingedrukt.

Kevin gaat staan. 'Dit werd u aangeboden door uw favoriete klas, 2a.'

'Onmogelijk,' schalt de schelle stem van mevrouw Zuurbier door het lokaal. 'Wie heeft die cd erin gestopt?'

'Wat ondankbaar,' zegt Fleur. 'We wilden u verrassen. Het is toch een goeie ruil.'

Mevrouw Zuurbier wijst naar de deur. Haar vinger trilt. 'Raus!' Fleur pakt tergend langzaam haar rugtas in.

'Schneller bitte!' De stem van mevrouw Zuurbier slaat over.

Zodra Fleur de deur uit is, loopt ze naar haar tafel en noteert Fleurs naam in het klassenboek. Melissa maakt gauw van de gelegenheid gebruik om de cd's weer om te wisselen.

'Zo,' zegt mevrouw Zuurbier. 'Ik weet niet van wie deze muziek is, maar die zijn jullie kwijt.' Ze haalt de cd met de luistertoets uit de speler en smijt hem woedend in haar tas.

Jordi ziet dat Kevin zijn duim naar Melissa opsteekt. Die was natuurlijk al bang dat de lijfmuziek van zijn broer was ingepikt.

Mevrouw Zuurbier haalt alle blaadjes op. Daarna gaat ze achter haar tafel zitten en doet haar boekje open. 'Iedereen heeft voor zijn luistertoets een één.'

'Vielen Dank,' zegt Kevin.

En dan kan ook hij vertrekken.

3

'YES!' Fleur zet haar cola met zo'n klap op de tafel in de aula dat de helft er overheen plenst.

'Wat heb jij?' De anderen kijken haar verbaasd aan.

'Ik weet hoe ik Toine verkering ga vragen.'

'Mag ik raden?' vraagt Jordi. 'Je gaat vlak voor hem op de trap lopen en dan doe je net of je flauwvalt en stort je je in zijn gespierde armen.'

'Nee,' zegt Kevin. 'Je gaat op de hoek van de straat staan en wacht tot hij aan komt fietsen. Dan steek je over.'

'Dat lijkt mij nou romantisch,' lacht Jordi. 'Vooral als je – in de kreukels en met een bebloed gezicht – onder zijn voorwiel ligt te kermen. Welke man droomt daar nou niet van?'

Fleur kijkt haar vriendinnen aan. 'Die jongens hebben helemaal geen verstand van romantiek. Ik ga aan hem vragen of hij met mij naar de film wil.'

'Wat origineel!' zegt Kevin. 'Nou, daar is nog nooit iemand opgekomen.'

'Moet jij zeggen.' Fleur neemt een slok van haar cola. 'Jij hebt nog nooit aan iemand verkering gevraagd. Je weet niet eens hoe het moet.'

'O nee, toevallig was ik het net van plan.' Kevin rent de aula uit. Een paar tellen later komt hij met zijn BMX onder zijn arm binnen. Hij zet hem midden in de aula neer en gaat ervoor op zijn knieën liggen. 'Lief BMX-je, ik ben zo verliefd op je. Wil je alsjeblieft verkering met mij. O darling, ik hou het niet meer. Kom in mijn armen.' En hij drukt zijn crossfiets tegen zich aan en begint hem hartstochtelijk te zoenen. Kevin doet zo gek dat ook leerlingen van andere klassen er omheen komen staan. De tranen rollen over hun wangen. Zelfs meneer Sanders, de conciërge, die van plan was hem onmiddellijk met zijn fiets naar buiten te sturen, moet lachen.

'Wat denken jullie, jongens, zal ik het busje bellen?'

'Help!' Kevin pakt zijn fiets op en rent de aula uit.

'Het is toch wel een goed idee van die film?' begint Fleur weer.

'Als ik Toine was zou ik altijd meegaan,' zegt Jordi. 'Wie wil dat nou niet: een gratis bioscoopje. Dat laat je toch niet lopen. Weet je wat je moet doen? Zodra hij toestemt, vertel je dat je naar een natuurfilm wilt. Als hij dan vraagt of zijn vriendin mee mag, weet je genoeg.'

'Hij heeft helemaal geen vriendin,' zegt Fleur. 'Hij heeft een tijdje verkering gehad met die Jeanet uit 2c maar dat is allang uit.'

'Als je zou weten waaróm ze het heeft uitgemaakt, is je verliefdheid meteen over,' zegt Kevin die net binnenkomt.

'Pestkoppen!' Fleur geeft de jongens een zet.

Jordi tikt op de tafel. 'Even serieus. Wanneer wou je eigenlijk naar de film?'

'Zaterdagavond,' antwoordt Fleur.

'Kunnen wij dan?' Jordi kijkt Kevin aan.

'Jullie gaan niet gauw ook naar de bios, hoor,' zegt Fleur.

'Gezien de gekneusde kaak van Jeanet zullen we toch een oogje in het zeil moeten houden,' zegt Kevin.

Melissa neemt een slok van haar thee. 'Pech voor je dat we pas een schoolfeest hebben gehad, anders kon je lekker met Toine schuifelen.'

'Wie gaan er schuifelen?' vraagt Debby die even weg is geweest om haar portemonnee te halen.

'Toine en Fleur.'

'Ik vind het maar niks.' Debby trekt een Twix uit de snoepautomaat. 'Dan ga jij zeker elk weekend met je verkering uit en zit ik in mijn eentje thuis weg te kwijnen. Snik…'

'Jij mag altijd met ons mee, afgesproken?' Fleur slaat een arm om haar vriendin heen. 'En later, als je eenzaam bent, mag je bij ons komen wonen.'

'Gelukkig,' zegt Debby. 'Ik vind vast nooit een man.'

Nu moeten ze allemaal lachen. Iedereen weet dat veel jongens Debby aantrekkelijk vinden.

'Daar is-ie…' Kevin stoot Fleur aan. Ze denkt dat hij haar in de maling neemt, maar als ze zich omdraait, ziet ze dat Toine de aula in komt. Hij loopt regelrecht naar de bar.

'Waarom vraag je het nu niet?' vraagt Melissa. 'Hij staat helemaal alleen.'

Fleur wordt al rood bij de gedachte.

'Grijp je kans,' sporen de anderen haar aan. 'Toine is nooit in zijn eentje, hij heeft altijd een fanclub achter zich aan.'

'Zal ik het doen?' Fleur aarzelt.

'Als jij het niet doet, is een ander je misschien voor,' waarschuwt Melissa.

Dat helpt. Fleur springt meteen op. Ze wacht tot Toine de aula uit loopt en gaat hem achterna.

'Volgens mij doet hij het,' zegt Jordi.

Melissa denkt ook dat Fleur een goede kans maakt. Ze zag vanochtend duidelijk dat Toine naar Fleur keek toen hij het geschiedenislokaal uit kwam. Ze kijken onafgebroken naar de deur. Jordi vindt het wel erg lang duren.

'Welnee,' zegt Kevin. 'Die zijn allang aan het zoenen en wij hier maar braaf wachten. Ik neem nog een colaatje, jongens. Proost, op de verloving.'

Debby wil gaan kijken, maar dat mag niet van de anderen. 'Blijf nou hier, ze komt zo heus wel.'

Ze hebben dat nog niet gezegd of Fleur stormt de aula binnen.

'Hij doet het!' schreeuwt ze bij de deur. Echt Fleur, die maakt het niks uit dat de halve school kan meegenieten. 'Wat denken jullie...?' schettert ze door de ruimte heen. 'Hij wou mij ook mee uit vragen. Nou, hoe vinden jullie dat?'

'Jullie voelen elkaar helemaal aan.' Kevin trekt er een zweverig gezicht bij.

Ze zijn allemaal in feeststemming. Zelfs Debby probeert blij voor Fleur te zijn, maar Jordi ziet dat het haar moeite kost.

'Nou jij nog, Melissa,' zegt Fleur. 'Wedden dat het met die clip ook lukt?'

Kevin knikt ernstig. 'Volgens de sterren zitten we in een positieve spiraal, dus Melissa...'

'Hou op over die clip,' zegt Melissa. 'Ik wou dat ik nooit ja gezegd had.'

'Maar je doet het wel, hoor,' zegt Kevin streng. 'Dit is je kans, die moet je pakken.'

'Ik ga ook wel,' zegt Melissa. 'Maar ik word er niet goed van. Ik heb de hele week al maagpijn. Ik vind die andere dansers nog het engst. Ze hebben vast allemaal al ervaring en dan kom ik daar aan als een of ander beginnelingetje.'

'We moeten naar de les,' zegt Jordi als de bel gaat. 'Anders begint Van Haringen weer te preken.'

'Ik heb niks aan mijn aardrijkskunde gedaan,' zegt Kevin. 'Hij heeft het toch alleen maar over onze excursie.'

'Dat is ook zo, volgende week gaan we naar Amsterdam.'

'Als het tenminste doorgaat,' zeggen ze in koor. Want daar dreigt hun leraar elke les mee.

'Hou op,' zegt Fleur. 'Wedden dat hij de helft van de tijd zit te zeuren dat het aan 2a eigenlijk niet besteed is?'

'Die man zeurt toch wel,' zegt Debby. 'Die moet met pensioen.'

'Hij is pas een jaar of dertig,' zegt Melissa. Maar volgens Kevin is dat al behoorlijk oud voor een leraar.

Lachend lopen ze het aardrijkskundelokaal in. Meneer van Haringen zit achter zijn tafel te corrigeren.

'Ook goeiemorgen,' zegt Kevin overdreven vriendelijk.

Melissa geeft hem een por. 'Begin nou niet meteen, anders sta je straks weer op de gang.'

'Wat nou?' fluistert Kevin. 'Die eikel kijkt niet eens op als we binnenkomen, lekker gezellig.'

Als iedereen op zijn plaats zit, stopt de leraar zijn correctiewerk in zijn tas en kijkt de klas geërgerd aan. Het maakt niet veel indruk, want meer dan de helft kletst door.

Van Haringen geeft een dreun tegen het bord. 'Zouden de dames en heren misschien stil willen zijn?' Hij gaat staan en loopt voor de klas heen en weer. 'Hopelijk is het bij u bekend dat we over twee weken op excursie gaan. Als u zich tenminste kunt gedragen. Voor het geval dat het doorgaat, wil ik dat u drie P's meeneemt. Te weten: pen, papier en een positieve houding. Ik word schijtziek van dat ongeïnteresseerde gedoe van deze klas.' Van woede slaat zijn stem over.

'Dat klinkt inderdaad zeer positief,' zegt Kevin.

'Ja meneer Groenhart, u kunt uw spullen pakken en u melden.'

'Wat flauw!' Fleur komt voor Kevin op. 'Hij mag toch wel zeggen dat het niet erg positief klinkt.'

'Als mevrouw van Lanen niet oppast, kan ze ook vertrekken.'

'Goed hoor, ik ga al.' Fleur pakt haar rugtas in en loopt achter Kevin aan.

'Zo,' zegt meneer van Haringen. 'Nu deze raddraaiers het lokaal hebben verlaten, kan ik misschien verdergaan.'

Terwijl hij doorzaagt over het niet te tolereren gedrag van Kevin en Fleur, kijkt de rest van de klas naar buiten. Op het schoolplein zien ze dat Kevin kunstjes doet op zijn BMX. Fleur zit heerlijk in het zonnetje op het hek naar hem te kijken.

'Het zal ze goed doen om onder het toeziend oog van de heer Peters hun strafwerk te maken,' sluit Van Haringen zijn betoog af.

'Dat zal ze zeker goed doen,' fluistert Melissa terwijl ze grinnikend uit het raam kijkt.

Gelukkig hebben ze na aardrijkskunde Nederlands. Annelies Melgers is hun favoriete lerares. Vooral bij de jongens is ze razend populair. Ze vinden haar allemaal een stuk. De meisjes mogen haar ook graag. Je kan alles tegen Annelies zeggen. Ze vindt nooit iets gek en ze begrijpt hen heel goed. Dat zal wel komen doordat ze nog zo jong is.

'Jullie boffen,' zegt ze als iedereen binnen is. 'Ik heb een superhumeur.'

Ze beginnen meteen te raden. 'Je bent verliefd.'

Kevin is zo brutaal om Annelies' hals op een zuigzoen te inspecteren.

Annelies moet lachen. 'Ik ben niet verliefd. Ik heb mijn vaste aanstelling gekregen.'

De halve klas begint te zuchten. 'Daar zou ik niet zo blij mee zijn.'

'Pas maar op dat je niet door het lerarenvirus wordt besmet. Het is een zeer gevaarlijk virus, Constante Chagrijnica,' zegt Kevin.

Annelies schudt lachend haar hoofd. 'Zo'n gekke school is dit nog niet. In vergelijking met andere scholen kan hier best veel.'

'Ja, vooral bij baron van Haringen,' beginnen ze.

Maar daar gaat Annelies niet op in. 'Ik had gedacht deze mijlpaal met jullie te vieren.'

'Toch niet door een tekstverklaring, hè?' vraagt Kevin die meteen argwaan krijgt als leraren over verrassen beginnen.

'Je weet toch wel dat ik zo niet ben,' zegt Annelies. 'Ik wou jullie meenemen naar de Vestibule voor een colaatje of zo.'

'Onder de les?' vraagt Jawad die weet hoe streng de schoolleiding is.

'Snap je dat niet,' zegt René. 'Ze moet zo snel mogelijk van die vaste aanstelling af.'

'Die Annelies, die is handig.' Nu beginnen ze haar allemaal te plagen.

Annelies doet net of ze schrikt. 'Hè, dat jullie me doorhebben.'

'Je zal toch iets beters moeten verzinnen,' zegt René. 'Van Tongeren is smoorverliefd op je. Die ontslaat je echt niet voor een uurtje spijbelen.'

Fleur heeft nog een idee. 'Ik maak een zuigzoen in Kevins nek en dan zeggen we tegen Van Tongeren dat jij dat hebt gedaan, Annelies.'

'Als ik mag kiezen heb ik liever dat Annelies dat zelf doet.' Kevin geeft Annelies een knipoog.

Ze zien dat Annelies bloost. Ze kan er nooit tegen als de jongens haar proberen te versieren.

'Kom mee,' zegt ze gauw. 'Anders is het uur om.' En ze houdt de deur voor hen open.

'Zakkig, hè,' zegt Melissa als ze na schooltijd naar de fietsenkelder lopen. 'Ik zie zo tegen vrijdag op. Weet je dat ik erover denk het af te bellen.'

'Dat mag je niet van mij.' Jordi weet dat het Melissa's grootste wens is ooit in een clip te komen.

'Maar als ik het nou niet durf.' Melissa vertelt dat ze al drie nachten heeft gedroomd dat ze door die andere dansers werd uitgelachen.

'Dat zijn angstdromen,' zegt Jordi. 'Daar moet je je niks van aantrekken. Je weet dat je keigoed bent. Inge heeft toch ook gezegd dat je talent hebt? Dat zegt ze echt niet zomaar.'

'Dat weet ik wel,' zegt Melissa. 'Maar ik durf gewoon niet. Het is wel anders, hoor, dan bij Inge op les. Daar ken ik iedereen. Het idee dat ik in mijn eentje die studio in moet.'

'En als ik nou eens mee ga,' stelt Jordi voor. 'Helpt dat?'

Melissa kijkt hem aan. 'Ja natuurlijk helpt dat.'

'Durf je wel met mij aan te komen?'

'Ik schaam me natuurlijk wel een beetje.' Als Jordi een verontwaardigd gezicht trekt, valt Melissa hem om zijn nek. 'Ik vind het te gek dat je mee wil. Wie weet hebben ze voor jou ook een rolletje.'

Nu moeten ze alle twee lachen. Jordi ziet zichzelf echt niet in een clip. 'Laat mij maar auto's wassen.'

'Dus je neemt je baan aan?'

'Ja,' zegt Jordi. 'Ik heb het thuis al verteld. Ik deed net of ik heel verbaasd was dat mijn vader positief reageerde. "Nou nou," zei ik. "Ik denk niet dat veel ouders dit goed zouden vinden. Zo'n verantwoordelijke baan. Je bent wel erg tolerant, pa. Hoe komt dat ineens?"'

'Dus jij hebt je vader lekker zitten fokken,' lacht Melissa.

'O ja,' zegt Jordi, 'dat vergeet ik bijna. Mijn ouders zijn niet thuis vanavond. Heb je zin om bij mij te eten?'

'Wat hoor ik?' vraagt Kevin die de laatste zin opvangt. 'Ga jij voor Melissa koken? Nou Melissa, dan kun je die clip wel vergeten.'

'Jullie mogen ook komen,' zegt Jordi.

'Jullie?' Kevin kijkt zijn vriend aan.

'Ja,' zegt Jordi. 'Ik ben heel ruimdenkend, hoor. Iedereen mag houden van wie hij wil. Eet je BMX veel? Maar ik wil niet de hele tijd dat kleffe gedoe aan tafel.'

'Nee, we houden ons in, hè liefje?' Kevin streelt met een hemelse blik zijn fiets.

'Weet je waar Debby en Fleur zijn?' vraagt Jordi. 'Dan nodig ik die ook uit.'

Volgens Kevin doet Fleur het nooit. 'Ze heeft net dat afspraakje met Toine voor elkaar. Je denkt toch niet dat ze zaterdagavond met een voedselvergiftiging in het ziekenhuis wil liggen?'

'Daar hoef jij je niet mee bezig te houden, Kevin Groenhart. Jij moet geld inzamelen om een cadeau voor de gastheer te kopen. Ik ga vast, want ik wil niet horen welke cd's ik allemaal krijg vanavond.' Jordi geeft een zet tegen Kevins stuur en stapt op zijn fiets.

4

Jordi was het eerste uur niet op school. Hij had al een paar dagen last van zijn linkeroog. Zijn moeder wilde per se dat hij ernaar liet kijken.

'Morgen begint het weekend,' zei ze. 'En dan kun je niet bij de dokter terecht.'

Normaal gesproken was hij er wel tegenin gegaan, maar het kwam hem toevallig goed uit. Het eerste uur hadden ze een SO voor Engels en daar was hij eigenlijk niet aan toegekomen. Toch is hij niet voor niks gegaan. Er zit een virus in zijn oog. De dokter heeft hem een zalfje gegeven.

Als hij in de kleine pauze de aula in komt, schiet hij in de lach. Dat heeft Fleur vlot voor elkaar. Toine zit bij hun groepje. Hij heeft ook zijn vrienden meegenomen.

'Ha, die Jordi!' roept Fleur. 'Gezellig hè, met zo'n grote club?'

'Konden jullie niet eens wachten tot zaterdag?' Jordi pakt een stoel en gaat naast Melissa zitten.

'Als we toch verkering moeten krijgen, dan maar meteen,' zegt Toine.

Fleur schrikt even, maar als ze Toines gezicht ziet, weet ze dat het een grap is. In plagen is Fleur ook heel goed. 'Precies,' zegt ze. 'Even door de zure appel heen bijten.'

'Hoe was het bij de dokter?' vraagt Kevin. 'Je hebt er wel lekker lang over gedaan.'

'Ik moet opgenomen worden.' Jordi trekt er een dramatisch gezicht bij.

Daar trapt Kevin niet in. 'Op de psychiatrische afdeling zeker.'

Iedereen lacht, behalve Melissa. Als Jordi naar haar kijkt, ziet hij hoe gespannen ze er uitziet. Die heeft vast de hele nacht geen oog dichtgedaan. Hij is blij voor haar dat het eindelijk vrijdag is. Hij weet zeker dat het meevalt, als ze maar eerst in die studio zijn.

'Jij zult je SO wel goed gemaakt hebben,' zegt hij.

'Hou op!' Melissa moet er zelf om lachen. Gelukkig is het niet zo erg als ze een slecht cijfer heeft. Ze kan zo goed leren; ze haalt het met gemak weer op.

'Wat heb je tegen je ouders gezegd?' vraagt Jordi.

'Niks,' antwoordt Melissa. 'Mijn moeder moet overwerken en mijn vader is pas om een uur of zeven thuis. Dan ben ik allang terug.'

'Gaan we vanmiddag meteen door?' wil Jordi weten. 'Of moeten we nog langs jouw huis?'

Melissa doet alsof ze nog nooit zo'n domme vraag heeft gehoord. 'Dacht je dat ik zo ging? Ik moet me omkleden en opmaken. Ik denk dat ik de laatste twee uur maar spijbel, anders red ik het nooit. Kom je me dan na Frans halen?'

Jordi snapt er niks van. Duurt dat omkleden en opmaken zo lang? Wat moet er dan allemaal gebeuren? Hij heeft geen zin om nu tegen Melissa te zeuren. 'Ik cross meteen na Frans naar jou toe, goed?'

Wat duurt de pauze toch kort. Nu moeten ze alweer naar de les. Gelukkig hebben ze biologie, dat vindt Jordi nog wel boeiend. En meneer de Leeuw valt best mee. Jordi kijkt naar Fleur en Toine, die nu afscheid moeten nemen. Hij merkt dat de anderen ook benieuwd zijn. Zouden ze echt in de aula gaan kussen? Het zou hem niks verbazen, van Fleur kun je alles verwachten. Toine kent hij niet zo goed. De twee staan een beetje verlegen om elkaar heen te draaien.

'ZOENEN... ZOENEN... ZOENEN...' Een paar vrienden van Toine beginnen ermee en dan valt iedereen bij. ZOENENZOE-NENZOENENZOENEN...' klinkt het door de aula.

'Jullie hebben het zelf gewild, hè?' Toine buigt zich naar Fleur en kust haar. Iedereen begint te klappen, maar Toine en Fleur houden niet meer op. Pas als de tweede bel gaat, laten ze elkaar los.

'Balen, dat wordt om acht uur op school komen,' zegt iemand.

'Ik heb jullie gewaarschuwd.' Toine doet net of hij Fleur weer gaat kussen.

'Stop!' roepen ze en ze halen Toine en Fleur uit elkaar en rennen lachend de aula uit.

Twee uur om je op te maken en te verkleden was natuurlijk veel te lang. Als Jordi Melissa 's middags komt halen, is ze blij dat ze nu eindelijk kan vertrekken.

'Jij weet waar we moeten zijn, hè?' vraagt ze als ze buiten staan.

'Wat dacht je, iedereen kent de studio. Spring maar bij mij achterop, samen op een fiets is veel gezelliger.'

Dat doet Jordi voor Melissa's veiligheid. Ze is bepaald geen held in het verkeer. Ze maken er altijd grapjes over. Hoe vaak ze haar niet moeten waarschuwen dat er iets aan komt. Nu ze zo zenuwachtig is, heeft hij er helemaal geen vertrouwen in.

'We hebben wel tegenwind, hoor,' waarschuwt Melissa.

Maar dat kan Jordi niet schelen. Dat saaie lange stuk naar school en weer naar huis dat hij twee keer per dag moet fietsen, dat is pas zwaar. Nu hoeft hij alleen maar naar het centrum.

'Weet je nog dat je vroeger een keer bij mij voorop de stang hebt gezeten?' vraagt Jordi.

Melissa herinnert het zich nog. 'Dat was in groep zes. Ik had een lekke band en toen mocht ik bij jou voorop want je bagagedrager was stuk. Ik heb het wel geweten. Angela was woedend. Die had verkering met jou. Ze heeft de halve klas tegen mij opgestookt.'

'Ze heeft het meteen uitgemaakt,' lacht Jordi. 'Dat geloof je toch niet. Ik was vreemdgegaan, zei ze. Ik wist niet eens wat ze bedoelde, negen was ik. Maar zij had een grote broer, ze was veel wijzer.' Jordi zucht. 'Daarom wil ik ook geen verkering. Dat jaloerse gedoe. Stel je voor dat ik nu een vriendin had, dan mocht ik misschien niet eens met jou mee. Wat een gezeur.'

'Ik moet ook niet aan verkering denken,' zegt Melissa.

'Jij hebt straks geen tijd meer om verliefd te zijn,' lacht Jordi. 'Dan maak je de ene clip na de andere.'

'En jij brengt me steeds, goed?'

'Dat had je gedroomd,' zegt Jordi.

'Zijn we híer al?' vraagt Melissa geschrokken als ze de spoorlijn overgaan.

'Alleen nog even de Stationsstraat door.' Jordi kan merken dat ze in de buurt van de studio komen, want Melissa wordt met de minuut stiller en als hij iets vraagt, hoort ze hem niet eens.

Voor een groot wit gebouw trapt Jordi op zijn rem. 'We zijn er.' Als hij zijn fiets tegen het hek zet, wijst Melissa geschrokken naar het bord in de tuin. 'Dit is de Lowland studio!'

'Ja,' zegt Jordi. 'Zo heet dat ding.'

Melissa is krijtwit. 'Ik moet helemaal niet naar de Lowland studio, ik moet naar het TAT.'

Nu begrijpt Jordi pas wat er aan de hand is. 'Waardeloos!' Hij kijkt Melissa aan. Maar die is woedend.

'Wat ben je nou voor een eikel. Je zei dat je het wist. Je zou meegaan om me te helpen. Nou, hier heb ik wat aan. Je hebt het helemaal voor me verpest.' Melissa wil kwaad weglopen.

'Kom mee,' zegt Jordi. 'We hebben nu geen tijd om ruzie te maken. We moeten zorgen dat je zo snel mogelijk bij het TAT komt.'

Melissa herstelt zich. 'Misschien weten ze hier waar het is.' Ze rent het pad op en voelt aan de deur van de studio, maar die zit op slot.

'Aanbellen,' zegt Jordi. 'We moeten weten waar dat ding is.'

Melissa drukt op de bel, maar er wordt niet opengedaan.

Wat nu? Jordi kijkt op zijn horloge. Ze hebben nog een kwartier. Gelukkig komt er net iemand aanlopen. Jordi rent naar haar toe. 'Mevrouw, weet u misschien waar de TAT-studio is?'

'De wat?'

Laat maar zitten, denkt Jordi. Die weet het dus niet. Hij heeft geen zin om nog meer tijd te verdoen. 'Sorry,' zegt hij en hij rent naar zijn fiets. 'Vlug, op de hoek is een politiebureau.'

Melissa springt achterop. 'Ik ga wel.' En ze holt het bureau in.

Wat duurt het lang. Jordi zou zijn secondewijzer wel willen tegenhouden. Ze hebben nog tien minuten, dat halen ze nooit!

'Ik weet het!' roept Melissa als ze naar buiten komt. 'We moeten helemaal aan de andere kant van het spoor zijn.'

'Opschieten!' Met Melissa achterop racet Jordi de straat uit. Hij heeft nog nooit zo hard gefietst. Overal scheurt hij tussendoor.

'Nee hè, de spoorbomen...' Jordi trapt zo hard als hij kan. Nog net voordat de bomen beneden zijn, crosst hij de spoorlijn over.

'Rechtsaf!' beveelt Melissa als Jordi het even niet weet.

Precies zeven minuten te laat knalt Jordi zijn fiets voor de studio neer. Hij neemt niet eens de tijd om hem op slot te zetten. Achter elkaar hollen ze het gebouw in.

'Waar moet je zijn?' vraagt Jordi als ze in een lange gang staan. Als Melissa het ook niet weet, houdt hij een man aan. 'We komen voor Rob Houtenbos.'

'Geen idee.' En de man loopt snel door.

'Weet u misschien waar we Rob Houtenbos kunnen vinden?' Melissa heeft al iemand anders te pakken.

Gehaast wijst de vrouw naar de receptie.

Wat is iedereen hier gestrest, denkt Jordi.

Gelukkig weet de receptioniste ervan. Ze belt dat Melissa er is en nog geen minuut later staat Rob voor hen.

Het gaat precies zoals Jordi had voorspeld. Vanaf het moment dat ze de studio instappen, is Melissa volkomen ontspannen. Ze voelt zich helemaal thuis tussen de drie andere dansers. Jim, Katy en Ron heten ze. Die Jim vindt Jordi maar een opdringerige figuur. Hij doet net of hij Melissa allang kent. Jordi schat hem minstens achttien. Ron is ongeveer even oud als Melissa, een beetje een soft type. Hij zegt niet veel, hij interesseert zich alleen voor Katy. Katy lijkt zo'n meisje dat daarop kickt. Jordi vindt haar ook mooi met die blonde krullen, maar ze heeft wel iets hards. Een meid die je zo dumpt als ze iets beters kan krijgen. Misschien vergist hij zich, maar in elk geval zou hij nooit op haar vallen.

Jammer genoeg zijn de muzikanten net weg. Rob Houtenbos vertelt dat ze vandaag al een heel stuk hebben opgenomen. Alleen de beelden met de dansers moeten nog opgenomen worden, maar daar is nu geen tijd meer voor. Ze nemen wel alles door zodat Rob kan zien of Melissa in de clip past.

Als Jordi het goed begrijpt, moet de clip er als een feest uit komen te zien. Het enige wat hij weet, is dat Melissa met een glas in haar hand moet dansen en dat het glas ineens kapot moet vallen in wel duizend stukken. Melissa zal hem straks wel uitleggen wat precies de bedoeling is. Het lijkt hem niet eenvoudig. Zoiets hoeven ze hem niet te vragen, maar Melissa zit er niet mee. De muziek

bevalt haar ook wel, dat kan hij zien. En wat danst ze knap! Jordi ziet aan Robs gezicht dat het hem niks tegenvalt. Gaaf, hè? wil hij zeggen als Rob naast hem staat, maar hij houdt zijn mond. Eigenlijk had hij helemaal niet mee hoeven gaan, Melissa is als een vis in het water. Toch heeft hij er geen spijt van. Hij was nog nooit in een studio geweest. Hij dacht dat het veel groter zou zijn, maar dat valt knap tegen. En die Rob Houtenbos had hij zich ook heel anders voorgesteld. Hij interesseert zich helemaal niet voor de dansers. Het gaat hem alleen om de clip. Dat zag Jordi al meteen toen Melissa probeerde uit te leggen waarom ze zo laat waren. Hij luisterde niet eens. Jordi vindt hem ook niet vriendelijk. Toen Jim net iets fout deed, begon hij vreselijk te schelden. En nu krijgt Katy weer een uitbrander. Dat zou Rob bij hem niet hoeven proberen, hij was allang weg geweest. Tegen Melissa houdt Rob zich nog redelijk in, maar dat komt waarschijnlijk doordat ze net nieuw is. Jordi vindt het maar een opgefokt gedoe. Rob doet één keer voor hoe Melissa moet dansen vóór ze het glas laat vallen en dat moet genoeg zijn. 'Maandag over twee weken nemen we het op en dan moet je het kunnen,' zegt Rob alleen. Hoe moet Melissa dat nou voor elkaar krijgen? Gelukkig biedt Jim aan haar te helpen. Dat betekent dus dat Melissa nu definitief in de clip zit.
Zodra Rob zegt dat het genoeg is voor vandaag, komt Melissa naar Jordi toe. 'Het is gelukt!' Van blijdschap slaat ze een arm om hem heen.
'We gaan hiernaast nog wat drinken, in de relaxruimte. Nou, daar ben ik echt aan toe.' En Jim trekt Melissa mee.
Jordi gaat achter hen aan een kleine kamer binnen.
'Hèhè.' Jim loopt regelrecht naar de cd-speler, alsof hij geen seconde zonder muziek kan.
'Ron, schenk jij even iets in?' vraagt Katy en ze gaat zelf zitten.
Ron vliegt al. 'Er is alleen maar cola,' zegt hij als hij de koelkast opendoet. Katy trekt een gezicht alsof ze pies moet drinken, maar Jordi vindt het wel lekker. Hij dacht dat hij stikte in die studio. Tijdens de opnames hebben natuurlijk de hele tijd de lampen staan gloeien, dus het was er snikheet.

Melissa ploft naast Jim op de grond. Jordi kan zien dat ze blij is dat Jim haar aardig vindt. Maar dat is logisch, wie moet haar anders helpen?

'Heeft er iemand iets bij zich?' vraagt Katy.

'Wat dacht je?' Jim haalt een pakje shag uit zijn zak en een kokertje. 'Deze wiet is helemaal te gek, jongens.'

Jordi ziet hoe Jim een joint draait. Hij is er zo handig in, dat het vast niet de eerste keer is. Als Jim een trekje heeft genomen, geeft hij de joint door.

'Hmm,' zegt Ron. 'Dat is zeker goeie, zeg. Waar heb je die vandaan?'

'Van mijn hofleverancier,' lacht Jim.

Ron en Katy schijnen hem te kennen, want ze schieten beiden in de lach.

Ron wil de joint aan Jordi doorgeven, maar die bedankt. Hij heeft nog nooit een stickie gerookt.

'Jij Melissa?' vraagt Ron.

Melissa krijgt geen tijd om te weigeren want Jim pakt de joint uit Rons hand en geeft hem aan Melissa. 'Kom op, meid, je bent nu een artiest. Niet zo truttig, neem een hijs.'

Jordi ziet hoe Melissa de joint tussen haar vingers houdt, ernaar kijkt en hem dan langzaam naar haar mond brengt. En als de joint weer langskomt, neemt ze twee halen achter elkaar. Jordi heeft het gevoel dat Melissa hem in de steek laat.

Er ontstaat een melige sfeer. Iemand hoeft maar iets te zeggen of ze brullen van het lachen.

Jordi voelt zich buitengesloten. Kon hij maar weggaan, maar hij wil Melissa niet in de steek laten. Zeker nu niet. Ze is zo stoned dat ze niet zou weten hoe ze thuis moest komen. Het lukt haar niet eens om het adres van Jim op te schrijven. Bij elke letter ligt ze dubbel.

'Zal ik het maar even doen?' Jordi pakt de pen en het papier uit haar hand.

'Morgenmiddag om elf uur in de Van Hogendorpstraat 12,' herhaalt Jim. 'Dan gaan wij samen oefenen.' En hij ligt alweer slap.

Jordi trekt zijn wenkbrauwen op. 'Morgenmiddag om elf uur?'

Het lijkt of Jordi de leukste mop van de wereld verteld heeft. Ze huilen alle vier van het lachen.

'Oké, oké, we oefenen morgenóchtend om elf uur. Zo goed?' vraagt Jim.

'O, dan kom ik ook oefenen,' lacht Katy.

'Als er geoefend wordt, ben ik natuurlijk van de partij.' Ron rolt stikkend van de lach tegen Melissa aan.

Jordi kijkt naar Melissa. Hij vindt het helemaal niet fijn dat ze naar het huis van die Jim gaat.

5

Even denkt Jordi dat hij naar school moet als hij wakker wordt, maar dan weet hij het weer. Het is zaterdag, hij heeft een heel weekend voor zich. Wat heerlijk! Hij neemt zich voor vandaag niets voor school te doen. Zijn huiswerk komt morgen wel. Hij kijkt naar het stapeltje krantenknipsels op zijn bureau. Vorige week heeft zijn vader die al voor hem uitgeknipt. Ze gaan over recente opgravingen. Door dat stomme schoolwerk is hij er nog steeds niet aan toegekomen ze te lezen. Als ze interessant genoeg zijn, kopieert hij ze en stuurt ze naar Steve, zijn penfriend in Engeland. Hij heeft Steve vorig jaar in Frankrijk op de camping ontmoet. Die is nog fanatieker dan hijzelf.

Jordi springt uit bed. Hij vindt het zonde om zijn vrije dag te verslapen. Hij wil zijn kamer ook aanpakken. Op die posters is hij inmiddels wel uitgekeken. Sommige hangen er al vanaf de brugklas. En hij moet niet vergeten de cd van Kevin voor zijn discman te kopiëren. De cd die er nu in zit, is hij spuugzat.

Als Jordi zijn kleren wil pakken, trapt hij bijna op zijn geschiedenisschrift. Help! Dat is ook zo. Fleur komt om half elf; ze hebben afgesproken hun werkstuk voor geschiedenis te maken. Wat een domper! Daar zijn ze minstens de hele ochtend mee bezig. Daar gaat zijn vrije dag, want vanmiddag moet hij de auto van Melissa's vader wassen.

Jordi heeft Melissa gisteren helemaal naar huis gebracht. Toen ze net uit de studio kwamen, was ze nog erg lacherig op de fiets, maar halverwege kreeg ze een slaapaanval. Het was maar goed dat hij haar vasthield anders was ze geheid van zijn bagagedrager gevallen. Toen ze thuiskwam, stortte ze volledig in. Ze kon echt niet meer op haar benen staan, zo'n slaap had ze. Jordi had haar naar bed gestuurd. Hij was net van plan op te stappen toen Melissa's vader van zijn werk kwam. Die vond het vreemd dat Melissa al in bed lag. Hij heeft maar verzonnen dat ze heel erge hoofdpijn had. Jordi voelt zich nooit op zijn gemak bij Melissa's vader. Het is ook zo'n deftige man en Jordi heeft altijd het gevoel dat hij niet serieus genomen wordt. Het liefst was hij er meteen vandoor gegaan, maar meneer de Raaf had al iets te drinken voor hem ingeschonken en toen moest hij wel blijven. Hij wist echt niet waar hij het over moest hebben. Gelukkig begon meneer de Raaf over zijn baantje. Ze hebben afgesproken dat hij om half twee de auto komt wassen. Jordi weet niet of Melissa dan al uitgedanst is. Hij vraagt zich af wat voor smoes ze heeft verzonnen om weg te komen. Hij zou de gezichten van haar ouders wel eens willen zien als ze wisten dat hun dochter bij een wildvreemde jongen zat. Als ze dan ook nog zouden horen dat Jims ouders voor een jaar in het buitenland wonen, zouden ze helemaal exploderen.

Als Jordi beneden komt, staat zijn vader in sportkleding bij de deur. Op zaterdagmorgen gaat hij altijd een uurtje hardlopen. Hij zegt dat het goed voor zijn buikje is. Zo te zien helpt het niet echt. 'Wil je soms mee?' vraagt hij.
Jordi aarzelt. Zal hij het doen? Dan is hij wel meteen wakker. Hij kijkt op de klok. Als ze nu weggaan, is hij makkelijk voor half elf thuis.
'Als je mee wilt moet je het nu zeggen, anders ga ik alleen.' Jordi's vader wordt ongeduldig.
'Oké.' Jordi vindt het gezellig om iets met zijn vader te doen. 'Ik ben zo beneden.' Hij rent de trap op en trekt zijn joggingbroek aan.

Als Jordi een uurtje later met een bezweet gezicht de kamer in komt, zit Fleur al op de bank.
'Wat ben jij vroeg? Ik moet me eerst even opfrissen, hoor.' Jordi wil naar boven gaan.
'Wacht even,' zegt Fleur. 'We gaan toch nog niet aan het werk. Ik wil het liever morgen doen als jij het goed vindt. Ik wil met Debby naar voetbal kijken.'
'Naar voetbal?' Jordi weet niet wat hij hoort. Fleur is niet eens geïnteresseerd als Ajax in de finale zit.
'Toine speelt mee,' zegt ze.

Jordi grijpt naar zijn hoofd. 'Dat is ook zo, je hebt verkering. Hoe kon ik dat vergeten.'

'Morgen kunnen we elkaar ook niet zien,' verdedigt Fleur zich. 'Dan gaat hij muziek maken met een vriend.'

'Op zondag?' Jordi kijkt Fleur aan. 'En dat pik jij? Ik vind dat je elke zondag samen moet doorbrengen als je verkering hebt. Dan hoor je hand in hand op de bank te zitten en 's middags soep te eten bij je schoonouders.'

'Wacht maar tot jij verkering hebt,' zegt Fleur. 'Dan wil je ook bij je liefje zijn.'

'Dan kan je lang wachten,' lacht Jordi.

'O ja,' zegt Fleur. 'Dat zou ik bijna vergeten. We hebben gisteren afgesproken dat we aan het eind van de middag gaan poolen.'

'Poolen?' vraagt Jordi verbaasd. 'En jij houdt helemaal niet van poolen.'

'Dat hoeft Toine toch niet meteen te weten. Ook een lekkere afknapper. Hij is er helemaal maf van.'

'Hoezo: onder de plak zitten?' lacht Jordi. 'Dus je doet gewoon alles wat Toine leuk vindt. Je gaat toch niet ineens roken, hè? Want die Toine is een ouwe paffer!'

Fleur wordt rood.

'Nee hè?' Jordi ziet al genoeg aan haar gezicht.

'Ik heb alleen twee trekjes genomen, meer niet. En eh, wil jij Melissa bellen,' zegt ze gauw voordat Jordi erop door kan gaan. 'Om vier uur in het Kooltuintje.'

'Dat is goed,' zegt Jordi. 'Ik kom in elk geval. Ik ga vanmiddag tien euro verdienen, dan kan ik die meteen opmaken.' Hij kijkt Fleur aan. 'Dus we gaan morgen aan ons werkstuk?' Als Fleur knikt, zegt hij: 'Geef je Toine wel mijn nummer. Voor je verkering moet je altijd bereikbaar zijn. Het kan toch dat hij ineens wil zoenen, dan moet hij weten waar je zit.'

'Pestkop!' Fleur geeft een rukje aan Jordi's haar en loopt de deur uit.

Zo'n makkelijk baantje heeft Jordi nog nooit gehad. De auto van meneer de Raaf stond lekker in het zonnetje. Hij had verwacht dat hij telkens een schone emmer met sop moest halen, maar Melissa's moeder had de tuinslang uitgerold. En van binnen was hij helemaal niet vies. Als hij dat vergelijkt met die rijdende vuilnisbak van zijn vader... Maar die maakt hem niet elke week schoon. Twee keer per jaar krijgt hij een aanval en dan wordt de hele auto uitgemest. In de Mercedes van Melissa's vader lagen hooguit drie zandkorreltjes, dat was alles. Hij heeft hem toch maar gezogen, tenslotte wordt hij daarvoor betaald.

Jordi kijkt op de klok. Het is kwart voor drie, Melissa zal nu wel thuis zijn. Hij is benieuwd hoe het is gegaan. Hij neemt aan dat ze zo wel zal bellen. Hij heeft nog een uurtje voordat hij naar het Kooltuintje gaat. Als hij verstandig is, begint hij vast aan zijn huiswerk. Morgen komt Fleur en dan blijft er niet veel tijd over. Hadden ze nou maar niet al die lessen verkletst, dan hadden ze hun werkstuk al voor de helft af gehad. Hij pakt zijn Engelse schrift en begint te leren. Hij kan wel merken dat hij vanochtend een brief aan Steve heeft geschreven. Zijn Engels gaat veel sneller dan anders. Hij heeft helemaal een vlotte dag. Ook zijn aardrijkskundevragen heeft hij zo gemaakt. Jordi heeft zijn huiswerk al bijna af als de telefoon gaat. Hij rent naar beneden. Hij denkt dat het Melissa is.

'Met Jordi.'

'Hallo Jordi, met Anne de Raaf.' Jordi herkent de stem van Melissa's moeder.

'Wij zitten met een probleempje. Mijn moeder belt net op dat ze zich niet goed voelt. We willen eigenlijk meteen naar haar toe, maar Melissa is met haar vriendinnen de stad in en heeft haar mobiel niet bij zich. Ik heb wel een briefje voor haar neergelegd, maar stel dat ze het niet vindt. Jij ziet haar toch straks, zou jij het haar willen vertellen.'

'Natuurlijk,' zegt Jordi.

'Als jullie soms alle twee hier willen eten... in het vriesvak liggen twee pizza's.'

'Dat is helemaal lekker,' zegt Jordi. 'Het beste met uw moeder en ik zeg het tegen Melissa.'

Het verbaast Jordi dat Melissa nog steeds niet thuis is. Om elf uur zat ze al bij Jim. Je kan toch niet uren achter elkaar een dansje oefenen. Het zal er wel heel gezellig zijn. Maar als ze hoort dat ze gaan poolen, komt ze vast meteen naar huis. Jordi besluit er maar even langs te gaan. Hij denkt dat hij wel weet waar de straat van Jim ongeveer ligt, maar hij wil niet dezelfde fout maken als gisteren toen hij helemaal aan het andere eind van de stad zat. Voor de zekerheid pakt hij de plattegrond uit de kast en vouwt hem open. Hij had het goed, de Van Hogendorpstraat ligt vlak langs het spoor, voorbij het tunneltje. Hij hoopt niet dat Melissa net weg is, want dan rijdt hij dat hele eind voor niks.

Als hij zijn fiets van het slot haalt, bedenkt Jordi dat hij vandaag wel heel sportief bezig is.

Gelukkig, Melissa is er nog, denkt Jordi als hij haar fiets voor het huis van Jim ziet staan. Hij kijkt op de deur. Er zitten drie naambordjes onder elkaar. Jordi drukt op de bovenste bel. Hij wacht, maar er wordt niet opengedaan. Hij loopt een eindje achteruit, tot de stoeprand, en kijkt omhoog, maar er staat niemand voor het raam. Jordi schat de afstand, maar het is te hoog. Het lukt hem nooit om een steentje tegen de ruit te gooien. Zo meteen vliegt het per ongeluk bij tweehoog naar binnen. Het lijkt hem niet verstandig dat risico te nemen. Deze buurt ziet er niet echt vriendelijk uit.

Hoe moet hij Melissa nou te pakken krijgen? Jordi denkt na. Hij kan natuurlijk een briefje achter Melissa's fietsbel stoppen dat ze in het Kooltuintje zijn. Dan heeft hij wel pen en papier nodig, maar daar moet aan te komen zijn. Jordi kijkt naar de sigarenwinkel aan de overkant van de straat. Daar hebben ze vast wel een papiertje. Op het moment dat hij de straat wil oversteken, hoort hij iets op de trap. Jordi luistert. Ja, hij heeft het goed gehoord, er komt iemand naar beneden. Er wordt aan het slot gemorreld en dan gaat de deur langzaam open.

'Melissa!' Jordi schrikt als hij haar ziet. Haar ogen staan raar en ze ziet wit.

Melissa kijkt verrast op. 'Wat goed dat je er bent. Ik moet je iets heel spannends vertellen.'

Jordi merkt dat ze wankelt als ze naar buiten loopt. 'Gaat het wel goed met je?' vraagt hij.

Melissa slaat twee armen om hem heen en geeft hem een zoen. 'Het gaat hartstikke goed met me. O Jordi, het was zo bijzonder. Jij had het ook fantastisch gevonden. Ik heb zo'n geluk dat ik Jim heb leren kennen. Wist jij dat je kleuren kon ruiken? Je gelooft het niet, hè, maar dat kan dus.'

Jordi begrijpt er niks van. 'Waar heb je het over?'

'Over de slang die ze op Katy's buik hadden geschilderd. De kleuren veranderden steeds, ze werden rood en dan weer geel en toen werden het velden vol bloemen. En ineens kon ik ze ruiken en proeven. Je hoeft niet zo te schrikken,' zegt Melissa als ze Jordi's gezicht ziet. 'Het was fantastisch. Ik had te gekke momenten, maar ook heel enge. Ineens dacht ik dat die slang van haar buik afkwam. Ik raakte helemaal in paniek en wilde wegrennen. Gelukkig troostte Jim me. "Maak je maar geen zorgen," zei hij. "Ik ben bij je." Dat zei hij telkens als het eng werd.'

'Als het eng werd?' Jordi pakt Melissa's gezicht. 'Wat hebben ze met je gedaan?' Hij wil naar boven rennen.

'Blijf hier,' zegt Melissa. 'Je moet niet boos zijn. Het is niet hun schuld, ik wou het zelf. Jim vroeg of ik het wilde proberen. Katy en Ron zeiden ook dat het helemaal niet eng was. Dat je wel op kan houden met je clip als je dit niet eens durft. En dat geloof ik nu ook, je moet het meegemaakt hebben!'

'Was het marihuana?' vraagt Jordi.

'Nee,' antwoordt Melissa. 'LSD.'

'LSD…? Heb jij LSD gebruikt? Dat is hartstikke gevaarlijk,' zegt Jordi.

'Helemaal niet,' zegt Melissa. 'Je kunt er niet verslaafd aan raken. Het was maar voor één keer. Gewoon om te vieren dat ik nieuw ben in de clip. Nu weet ik hoe het is en de volgende keer doe ik het niet meer. Maar ik heb er echt geen spijt van. Het was helemaal te gek.' Melissa loopt naar haar fiets.

'Hoe voel je je?' vraagt Jordi.

'Een beetje zeeziek,' lacht Melissa. 'Verder niks, het is allang uitgewerkt.'

'Toch moet je niet gaan fietsen,' zegt Jordi. 'Ga maar bij mij achterop, ik fiets wel met twee fietsen.'

Waarschijnlijk voelt Melissa dat ze niet stevig op haar benen staat, want ze doet braaf wat Jordi zegt.

'Weet je,' begint ze als ze wegrijden, 'soms leek het net of ik zweefde. Door zo'n trip worden je zintuigen heel gevoelig. Er lag een kleed op de vloer, hè? Toen ik ernaar keek veranderden die figuren steeds. Ze werden mooi! Dat kun je je niet voorstellen, zo mooi. Ik wist niet dat het bestond. En ik werd heel vrij. Ineens begon ik te dansen, helemaal in mijn eentje. Moet je nagaan. En ze vonden het prachtig wat ik deed. Jim zei dat ik echt in die clip hoor en dat we nog veel meer clips gaan maken. Goed hè?'

Het dringt niet tot Jordi door wat Melissa allemaal vertelt. Hij heeft maar één gedachte: Melissa heeft LSD gebruikt, enkel en alleen om erbij te horen. Hij had nooit gedacht dat ze zo dom zou zijn.

6

Het is alweer twee weken geleden dat Melissa LSD heeft gebruikt. Sindsdien heeft ze een paar keer per week voor de clip geoefend. Jordi vond het maar niks dat Melissa steeds bij die dansers was. Ze was zo afwezig. Volgens Melissa blowden ze alleen, maar Jordi vertrouwde het niet. Fleur vond ook dat Melissa de laatste tijd anders was. Maar dat is na vandaag gelukkig voorbij, want vanmiddag is de opname voor de clip.

Jordi neemt een slok van zijn thee. Hij heeft alle tijd, ze hebben het eerste uur vrij. Hij kijkt naar zijn moeder die de telefoon opneemt. Zouden er nog meer uren uitvallen?

'Jordi, Melissa voor jou,' zegt zijn moeder.

Hij heeft amper goeiemorgen kunnen zeggen of Melissa begint al te tieren. 'Ik heb knetterende ruzie met mijn ouders. Die sukkel van een Houtenbos belde vanochtend toen ik onder de douche stond. Wat denk je? Gaat die gek mijn vader vragen of hij wil doorgeven dat de clip een maand wordt uitgesteld. Mijn vader is woedend.'

Jordi vindt het wel dom van Melissa. Waarom heeft ze dat dan ook niet beter geregeld. Ze had Rob nooit haar telefoonnummer moeten geven. Of ze had er duidelijk bij moeten vertellen dat haar ouders van niks wisten. Maar ze is al kwaad genoeg, dus hij zegt alleen: 'Nou en? Dan ga je toch stiekem naar de studio.'

Dat had Melissa zelf ook al bedacht. 'Het ergste is dat ik drie dagen huisarrest heb.'

'Daar kom je wel weer overheen,' zegt Jordi. 'Dat gebeurt wel vaker.'

'Daar gaat het niet om,' zegt Melissa. 'Ik zou vanmiddag naar Jim gaan om te oefenen en dat kan ik nu wel vergeten. Jordi, jij moet er iets op verzinnen. Katy en Ron komen ook. Als ik ze laat zitten, worden ze kwaad en dan zeggen ze tegen Rob dat ze niet meer met me willen werken.'

Jordi vindt het vervelend voor Melissa, maar hij weet ook niet zo

gauw hoe ze dit moet oplossen. 'Weet je wat, we rijden samen naar school, dan komen we vast wel op een idee. Tot zo, bij het bruggetje.' En Jordi legt de telefoon neer.
'Is er iets?'
'Niks bijzonders,' doet Jordi het af. Hij heeft geen zin om zijn moeder te vertellen wat er aan de hand is. Hij staart voor zich uit. Wat een tegenvaller. Hij had gehoopt dat Melissa eindelijk van die dansers af was. Nou duurt het nog een maand. Ze is nu, na twee weken, al helemaal in hun ban met haar geblow. Hij vraagt zich af hoe het over een maand zal zijn. Jordi stopt zijn brood in zijn tas. Ineens voelt hij zich veel minder vrolijk.

'Lastig, hè,' zegt Jordi als hij een kwartiertje later met Melissa naar school fietst. 'Ik pieker me suf, maar ik weet niet hoe je dit moet oplossen.'
Melissa haalt haar schouders op. Die is nog steeds woedend op haar ouders. 'Ze gunnen het me gewoon niet. Omdat ze zelf zo'n suffe baan hebben waar ze chagrijnig van worden.'
'Pas op!' Jordi geeft een ruk aan Melissa's stuur. 'Je zwenkte ineens naar links. Die auto schepte je bijna.'
'Nou en?' Melissa fietst gewoon door.
'Ach ja, dat is ook zo,' zegt Jordi. 'Het is weer eens iets anders: een clip met een danseres zonder benen.'
'Gadver,' zegt Melissa. 'Ik zie me al liggen in het ziekenhuis.'
'Ik niet,' zegt Jordi. 'Dacht je dat je dat mocht? Je vader komt meteen het ziekenhuis instormen. "Mee jij! Ik heb toch gezegd dat je huisarrest hebt!"'
Gelukkig kan Melissa erom lachen. 'Zo wreed is hij ook weer niet.' Zodra ze aan haar ouders denkt, wordt ze weer kwaad. 'Belachelijk dat ik huisarrest heb. Uit wraak paf ik in de pauze tien peuken op.'
'De pauze...' Jordi legt een hand op Melissa's stuur. 'Nou weet ik wat je moet doen. In de grote pauze ga je langs Jim en dan vertel je hem wat er is gebeurd.'
'Red ik dat?' vraagt Melissa.
'Zo ver is het toch niet,' zegt Jordi. 'Tien minuten heen en tien mi-

nuten terug. Bij Engels kun je best een kwartiertje later komen. Ik zeg wel dat je je gymspullen was vergeten.'
'Wat goed van jou!' Melissa klaart meteen op. 'Als beloning help ik je vanmiddag met je wiskunde.'
'Daar hou ik je aan,' zegt Jordi. Melissa heeft een wiskunde-knobbel. En ze kan heel goed uitleggen. Als ze er een uurtje sa-men aan werken, haalt hij morgen vast een voldoende en dat kan hij wel gebruiken, want hij staat nu een vier gemiddeld.

'Geef jij het werkstuk of ik?' vraagt Fleur als ze op het school-plein staan.
'Ik doe het wel.' Jordi weet dat Fleur een hekel aan mevrouw Schoneveld heeft. Als Fleur het werkstuk uit haar tas haalt, ver-schiet Jordi van kleur. Het is totaal verfrommeld! 'Dit geloof je toch niet, hè? Daar hebben we de halve zondag op zitten ploete-ren.' Het kost hem moeite om niet kwaad te worden. 'Dit vod kunnen we toch niet inleveren.'
Jordi overdrijft niet. Als de anderen het zien schieten ze in de lach. 'Hoe heb je dit voor elkaar gekregen?'
'Wacht.' Kevin weet al een oplossing. Hij legt het werkstuk op de grond en gaat erop staan.
'Niet doen!' waarschuwt Jordi. 'Zo maak je het alleen maar er-ger.' Maar het is al te laat. Nu staat ook nog de afdruk van Ke-vins schoen op het bovenste blad.
'Sorry,' zegt Kevin. 'Kan ik jullie soms ons werkstuk aanbieden?'
'Ons werkstuk?' zegt Melissa verontwaardigd. 'Hij heeft er niks aan gedaan.'
'Jawel,' beweert Kevin. 'Toen ik gisteren op de skatebaan was, heb ik allemaal positieve gedachten naar jou gestuurd. En dat heeft geholpen, zeg eerlijk, anders had je het nooit zo snel af ge-had.'
'Wat doen we hier nou mee?' Jordi houdt het werkstuk omhoog.
'Dit.' Fleur pakt Debby's aansteker en houdt de vlam eronder. Jordi wil het afpakken maar de blaadjes fikken al. Nu wordt hij boos. 'Je bent echt gek, hè? Nou kunnen we het overmaken. Har-telijk bedankt.'

'Nee hoor.' Fleur doet haar tas open en haalt er een keurig werkstuk uit. 'Goed hè?' zegt ze. 'Dat andere werkstuk was van vorig jaar maar dat hadden jullie mooi niet door.'

Jordi heeft geen tijd om revanche te nemen, want de bel gaat.

'We zullen Van Haringen even lekker overspannen maken.' Kevin wrijft in zijn handen.

'Nou jongens.' Jordi draait zich om naar zijn vrienden. 'Als we dit uur overleven, komen we de rest van onze schooltijd ook door.'

'We krijgen ons proefwerk terug,' zegt Melissa. 'Het zal me niks verbazen als we allemaal een onvoldoende hebben.'

Matthijs weet het zeker. 'Die vragen waren veel te ingewikkeld.'

Naomi vindt dat de proefwerken van meneer van Haringen altijd te moeilijk zijn. En daar is iedereen het mee eens.

'Het is een supernerd,' zegt Kevin. 'We moeten hem aanpakken.'

Meneer van Haringen heeft geen goed humeur, dat zien ze als ze binnenkomen.

'De zon schijnt buiten, meneer,' zegt Jawad zo beleefd mogelijk.

'Maar de cijfers van dit proefwerk stralen niet bepaald.' Van Haringen houdt de blaadjes omhoog.

Ze kijken elkaar aan. Zie je wel?

Meneer van Haringen slaat zijn boekje open. 'Het is schandalig slecht gemaakt. Mevrouw van Lanen heeft een zes en voor de rest zijn het allemaal vieren en vijven. Behalve meneer Groenhart, die heeft een twee.'

Kevin gaat staan en buigt naar de klas alsof hij een grandioze overwinning heeft behaald. Iedereen begint te klappen.

Dat kan hun leraar niet waarderen. 'Wat is dit voor mentaliteit,' brult hij. 'Ik heb zelden zo'n negatief stelletje bij elkaar gezien. De excursie naar Amsterdam gaat niet door.'

'Hoera!' Het is eruit voordat Jordi er erg in heeft. De rest van de klas valt hem bij.

Dat hadden ze beter niet kunnen doen.

'Willen de dames en heren hun schriften en boeken van tafel halen?' Van Haringen pakt een stapel proefwerkblaadjes uit de kast en deelt ze uit. 'U kunt de eerste vraag noteren…' en hij begint.

Als de bel voor de grote pauze gaat, komt Melissa naar Jordi toe. 'Ik vind het wel eng, hoor, om nu naar Jim te gaan. Zo meteen snappen ze me.'

Jordi begrijpt niet hoe het uit zou kunnen komen. 'Je bent gewoon je gymspullen vergeten, dat kan toch?'

'Je hebt gelijk.' Melissa is gerustgesteld. 'Fleur vergeet zo vaak haar gymspullen. Ik moet er geen punt van maken. Tot straks.' En ze loopt weg.

'Succes!' roept Jordi haar na. Hij wil het aan Fleur vertellen, maar die komt net Toine tegen. Jordi moet lachen als hij die twee ziet. Hij wist niet dat Fleur zo verliefd kon zijn. En Toine staat ook maar te stralen.

'Toine!' Zijn vrienden wachten in de klapdeuren. Ze maken een gebaar dat er gerookt moet worden.

'Ik kom zo.' Toine brengt Fleur kussend naar de aula.

'Je moet hier blijven,' zegt Fleur als Toine weg wil gaan en ze houdt hem aan zijn arm vast.

'We zouden over onze vakantie praten,' waarschuwt Debby.

'Haha, dan moet je juist blijven.' Fleur trekt Toine naar zich toe. 'Mijn man gaat ook mee op reis, hè?' En ze geeft hem een zoen. Toine schiet in de lach. 'Ik weet van niks.'

'Hoeft ook niet,' zegt Fleur. 'Het is een surprise journey.'

'Hé kleffe!' wordt er geroepen.

Nu maakt Toine zich van Fleur los. 'Ik moet echt gaan, anders paffen ze alles op.'

'Dus je sigaretje gaat vóór mij, mooi is dat,' plaagt Fleur.

'Juist niet,' zegt Toine. 'Je moet altijd eerst het vervelende werk doen en dan het leuke. Ik rook het gauw op, des te eerder ben ik ervan af.'

'Jaja,' lacht Fleur.

'Na het zesde uur zie ik je nog wel even,' zegt Toine.

'Dan ben ik er niet,' zegt Fleur.

'Maar ik wel.' Debby geeft Toine een knipoog. De anderen moeten lachen, maar Jordi vindt het helemaal niet grappig. Vooral niet als hij ziet hoe Debby erbij kijkt. Ze is expres recht tegenover Toine gaan zitten met haar lage truitje. Sinds Fleur en Toine verkering hebben heeft Debby steeds lage truitjes aan. Het kan toeval zijn, maar Jordi vertrouwt het niet. Het is Melissa ook al opgevallen. Melissa... Jordi denkt aan zijn vriendin. Zou ze er al zijn? Hij kijkt op zijn horloge. Ja hoor, die zit al bij Jim.

Melissa heeft geluk dat meneer Dolleman Jordi zo graag mag, want hij gelooft het meteen als Jordi zegt dat ze haar gymspullen is gaan halen. Echt blij is hij er niet mee. 'Moest dat per se onder mijn les?'
'Dat kon niet anders, meneer,' zegt Jordi. 'Hiervoor hadden we baron van Haringen en die maakt van zoiets een groot probleem. U bent veel toffer, dat vindt iedereen.'
Meneer Dolleman heeft wel in de gaten waarom Jordi dat zegt.
'Dus eigenlijk moet ik me gevleid voelen.'
'Zoiets.' Jordi ziet aan meneer Dolleman dat hij er geen punt van maakt.
Debby moet voor de klas komen. Ze heeft een spreekbeurt. Jordi is blij dat zijn achternaam met een W begint. Een spreekbeurt vindt hij toch al een soort nachtmerrie en helemaal in het Engels. De leraren weten het zo mooi te zeggen. 'Waar maken jullie je nou druk om? Het hoeft maar vijf minuten te duren.' Nou, vijf minuten kan behoorlijk lang zijn.
Debby heeft er geen moeite mee, die begint gewoon in het Engels te kletsen. Aan de gezichten van zijn klasgenoten te zien, schijnt het nogal leuk te zijn. Jordi kan zijn aandacht er niet bijhouden. Hij denkt de hele tijd aan Melissa. Hij hoopt maar dat ze niet te lang wegblijft.
Ze hebben Debby's spreekbeurt al uitgebreid besproken en Melissa is er nog steeds niet. Jordi kijkt op de klok. Er zijn al twintig minuten voorbij, nu mag ze toch wel eens komen. Zodra Jordi iets op de gang hoort, denkt hij dat het Melissa is, maar aan het eind van het uur is ze nog niet terug. Gelukkig is meneer Dolleman haar vergeten, maar wat moet hij tegen hun gymleraar zeggen? Hij weet zeker dat die het aan de adjunct doorgeeft. Jordi loopt als eerste het lokaal uit. Hij hoopt dat Melissa in de gang staat, maar dat is niet zo. En haar jas hangt ook niet aan de kap-

stok. Waar blijft ze nou? Als ze maar niks stoms gedaan heeft. Ineens ziet Jordi weer voor zich hoe hij haar die zaterdag aantrof. Ze zullen toch niks in haar cola hebben gedaan? Op slag krijgt hij een schuldgevoel. Waarom heeft hij dit belachelijke plan bedacht. Hij had Melissa daar nooit in haar eentje naartoe moeten laten gaan. Hij overweegt naar het huis van Jim te rijden, maar dan verpest hij het zeker voor Melissa. Als ze alle twee ontbreken, valt het helemaal op. Het is het beste om gewoon naar de gymles te gaan.

7

Melissa is niet komen opdagen, ook niet bij gymnastiek. Ze mag haar vrienden wel dankbaar zijn, want die hebben ervoor gezorgd dat meneer Leffertstra haar niet als absent heeft opgegeven. Het idee kwam van Jordi. Hij vond dat ze een briefje moesten schrijven dat Melissa naar de tandarts was.

'Prima,' zei Fleur. 'Maar er is maar één die dat goed kan.' Ze keken alle drie naar Kevin.

Het briefje zag er inderdaad professioneel uit. Zelfs de handtekening van meneer de Raaf had Kevin perfect nagemaakt.

'Wie moet het geven?' vroeg Jordi.

'Jij natuurlijk,' antwoordde Debby. 'Inmiddels weet Leffertstra ook wel dat jullie verkering hebben.'

Jordi werd meteen chagrijnig. 'We hebben helemaal geen verkering. Melissa en ik zijn gewoon goeie vrienden, maar dat kan jij niet geloven, hè? Als jij een jongen leuk vindt, moet je meteen lebberen.'

'Debby moet het geven,' zei Fleur gauw voordat ze echt ruzie kregen. En dat vond Jordi ook het beste. Hun gymleraar zou smelten voor het lieve lachje van Debby, dat hadden ze al zo vaak gemerkt.

Toen meneer Leffertstra het briefje openvouwde, durfden ze elkaar niet aan te kijken. Jordi zag zichzelf al twee middagen op school zitten, want dat stond op fraude.

Gelukkig twijfelde Leffertstra geen seconde. 'Bedankt,' zei hij en hij stopte het briefje weg.

'Wat een dombo is die Leffertstra,' zegt Kevin als ze naar huis rijden. 'Dat moet ik aan mijn vader vertellen.' Van pure triomf doet hij een gloednieuw kunstje op zijn BMX. 'Mijn vader komt niet meer bij als hij dit hoort.'

'Dat vindt hij natuurlijk weer stoer.' Jordi kent Kevins vader. Zoiets hoeft hij niet thuis te vertellen, maar Kevins vader is vast heel trots op zijn zoon.

'Je moet hem zo'n draaibaar stuur aftroggelen,' zegt Debby. Dat vindt Fleur ook een goed idee. 'Je dreigt gewoon dat je een watje wordt als je het niet krijgt.'
Kevin moet lachen. 'Dat is wel het ergste wat ik mijn vader kan aandoen. Hij heeft nog liever dat ik van school word getrapt.'
'Dit kunnen we dus vaker doen,' zegt Fleur. 'Eén briefje van Kevin per maand en we hebben allemaal een extra baaldag.'
'Prima,' zegt Kevin. 'Indien u serieus geïnteresseerd bent, geef ik mijn secretaresse opdracht u de tarievenlijst toe te sturen.'
Jordi lacht met zijn vrienden mee, maar niet van harte. Het zit hem behoorlijk dwars dat Melissa niet is teruggekomen. Hij moet er steeds aan denken, helemaal als hij het laatste stuk in zijn eentje naar huis fietst. Hij weet bijna zeker dat het gesprek met Jim fout is gelopen. Die heeft vast gezegd dat Melissa kan ophoepelen als ze niet komt oefenen. Melissa zal zich nu wel vreselijk voelen. Daarom is ze ook niet terug naar school gegaan. Het zal niet makkelijk zijn haar op te vrolijken. En wat zal ze kwaad op haar ouders zijn! Uiteindelijk is het hun schuld dat die clip aan haar neus voorbijgaat.

Als Jordi de voordeur opendoet, loopt hij meteen naar de telefoon. Jammer, geen voicemail, Melissa heeft dus niet gebeld. Niet dat hij verwacht had dat ze een boodschap had ingesproken, want Melissa hangt altijd op als ze de voicemail krijgt. Jordi voelt zich ook altijd een beetje raar als hij tegen zo'n dood ding moet praten. Kevin heeft daar dus helemaal geen moeite mee. Integendeel: hij kletst maar door. Misschien is Melissa allang thuis, je weet maar nooit. Ze kan zich zo somber hebben gevoeld dat ze naar huis is gegaan en tegen haar moeder heeft gezegd dat ze ziek is. Nou ja, ze zal zo wel bellen. Dat heeft hij goed aangevoeld, want nog geen tel later gaat de telefoon. 'Met Jordi.'
'Hoi!' roept Melissa. 'Je moet meteen hierheen komen, ik heb iets te vieren.'
'Te vieren?'
'Ja,' antwoordt Melissa. 'Je hoort het zo wel.'
'Dus Jim heeft je niet uit de clip geknikkerd?' vraagt Jordi.

'Hoe kom je daar nou bij.' Melissa begint te lachen. 'Het is juist heel goed gegaan. Ik heb een machtige dag gehad, echt waar. Het gaat nu allemaal beginnen, ik ben in een tophumeur. Ik zie je zo, goed? Een zoen.' En Melissa hangt smakkend op.

Stomverbaasd hangt Jordi op. Wel ja, denkt hij. Ze had een te gekke dag. Hij voelt zich in de maling genomen. Het idee dat Melissa swingend op haar kamer zit, terwijl hij een rotdag heeft gehad door haar. En daar vraagt ze niet eens naar. Ze doet net of het heel normaal is om te zeggen dat je onder Engels terug zult zijn en dan niks meer van je laat horen. Ze vindt het natuurlijk de gewoonste zaak van de wereld dat haar vrienden ervoor hebben gezorgd dat het niet uitkomt dat ze heeft gespijbeld. Jordi schenkt voor zichzelf een glas cola in. Van kwaadheid plenst hij er de helft overheen. Hij heeft helemaal geen zin om naar Melissa toe te gaan. Ze zou hem met zijn wiskunde helpen, dat is ze dus ook vergeten. Nou, dan snapt hij zijn sommen maar niet. Hij wíl niet eens meer dat ze het uitlegt. Hij heeft nog liever een onvoldoende. Of anders vraagt hij het wel aan zijn vader. Nou, dat wil wat zeggen. Hij heeft ook geen zin om haar af te bellen. Ze merkt vanzelf wel dat hij niet komt. Hoe langer hij erover nadenkt, hoe bozer hij wordt. En nog het meest op zichzelf. Met gym gingen ze softballen en hij mocht pitcher zijn. Zijn team was blij, want een betere pitcher dan Jordi zit er niet in de klas. Nou, dat hebben ze geweten. Hij bakte er niks van. Hij dacht de hele tijd aan Melissa. Hij is veel te serieus, dat kan hij niet uitstaan van zichzelf. Hij had naar Kevin moeten luisteren. 'Maak je niet druk, man,' zei hij. 'Die meid heeft een vrije middag genomen.'

Jordi pakt zijn rugtas en gaat naar boven. Op de trap klinkt Melissa's stem in zijn oor. 'Ik heb wat te vieren.' Hartelijk gefeliciteerd, denkt Jordi. Maar dan wel zonder mij.

Hij slaat zijn wiskundeboek open. Als hij nou eens helemaal bij het begin van het hoofdstuk begint, misschien snapt hij het dan wel. Hij probeert Melissa uit zijn hoofd te zetten, maar het lukt niet. Hij vraagt zich voortdurend af hoe lang het zal duren voor ze gaat bellen. Opnieuw laait zijn woede op. Ze moet vooral bellen, dan kan ze te horen krijgen wat hij ervan vindt. Maar een minuut later vindt hij weer helemaal niet dat hij haar de waarheid moet vertellen. Hij zal gek zijn, hij gaat niet nog meer aandacht aan haar besteden. Hij laat de telefoon gewoon overgaan. Dan hoeft hij er tenminste niet meer over na te denken. Het is belangrijker dat hij morgen een voldoende haalt.

Jordi bestudeert het voorbeeld in zijn boek. Hoe komen ze daar nou aan? Hij zuigt op de achterkant van zijn pen. Wat is dit toch een onmogelijke methode. Ze slaan gewoon een paar stappen over. Logisch dat hij het niet kan volgen. Of wacht... ineens begint er bij Jordi iets te dagen. Zal hij er dan toch uitkomen? Ja hoor, hij weet nu hoe het zit. Jordi kijkt op zijn horloge. Hij heeft dus tien minuten over één sommetje gedaan. Als hij in dit tempo doorgaat, is hij volgende week nog niet klaar. En dan te bedenken dat Melissa ze zo kan maken. Jordi gaat door met de volgende som.

Gewoon laten bellen, denkt Jordi als de telefoon overgaat.

Maar dan bedenkt hij dat het ook Kevin kan zijn. Wie weet heeft die wel een superplan waardoor hij van zijn wiskunde verlost wordt. Met de gedachte dat hij misschien een goed excuus heeft om dit vreselijke proefwerk te laten zitten, staat hij op. Hoopvol neemt hij op.

'Nou ja,' klinkt de verbaasde stem van Melissa. 'Je bent nog thuis?'

'Natuurlijk ben ik nog thuis,' snauwt Jordi.

Melissa heeft duidelijk niks door. 'Je zou toch hierheen komen?'

'Wat denk je nou?' zegt Jordi kwaad. 'Dat ik daar nog zin in heb? Je hebt me de hele dag voor gek laten zitten. Ik was hartstikke ongerust, maar daar heb jij natuurlijk niks mee te maken. Ga jij maar lekker feesten in je eentje, veel plezier.' En hij verbreekt de verbinding. 'Zo, dat is duidelijk.' Jordi zet zijn voet op de trap als de telefoon weer rinkelt.

Je kan me wat, denkt hij en hij loopt gewoon naar boven. Als hij vijf minuten achter zijn bureau zit, slaat hij zijn wiskundeboek dicht. Zo kan hij toch niet leren. Het zit hem niet lekker dat hij ruzie met Melissa heeft. Het is ook niks voor hem om zomaar op te hangen. Zo is hij helemaal niet. Hij had toch wel naar haar toe kunnen gaan om het uit te praten. Dat doet hij anders ook altijd. Jordi gaat op zijn bed zitten. Is hij nou echt zo boos omdat Melissa niet terug naar school is gegaan? Een paar maanden geleden heeft hij ook een smoes voor haar verzonnen. Maar toen was ze gezellig met Fleur de stad in en nu... Ineens weet hij waarom hij zo kwaad is. Het ergert hem dat Melissa de hele dag bij Jim is geweest. Hij heeft geen goed gevoel over dat groepje. Jordi denkt aan Kevin. Die had ook een tijdje foute vrienden. Hij weet nog hoe naar dat was. Ze zagen hun vriend echt veranderen en ze konden er niks tegen doen. Nu heeft hij datzelfde machteloze gevoel. Jordi staart voor zich uit. Onderschat hij Melissa niet? Als ze echt een slechte invloed op haar hadden, was ze er allang uitgestapt. Met Kevin is het toch ook goed gekomen? Toen die jongens ergens wilden inbreken heeft hij met ze gekapt. Hij moet wat meer vertrouwen in Melissa hebben. Jordi voelt zijn woede langzaam wegebben. Hij heeft spijt dat hij zo bot is geweest. Hij besluit naar Melissa toe te gaan.

Op het moment dat Jordi zijn kamer uit loopt, gaat de bel. Als hij de deur opendoet, kijkt hij in het schuldige gezicht van Melissa. 'Mag ik binnenkomen?'

'Natuurlijk.' Jordi gaat haar voor naar zijn kamer.

'Ik ben ontsnapt. Mijn moeder is onverwacht naar mijn oma, die voelde zich niet goed. Toen ze wegreed, ben ik hem meteen gesmeerd, ik moest naar jou.' Melissa pakt Jordi's handen vast. 'Het spijt me. Weet je dat ik er geen seconde aan heb gedacht dat jij ongerust was? Dat kwam ook door die joint. Ik werd supermelig. Ik was helemaal niet van plan mee te blowen, maar Jim had zo'n goed bericht. Hij gaat een eigen dans bedenken. Hij heeft al een producer. Het wordt iets heel bijzonders, een dans die iedereen over gaat nemen. Ik weet zeker dat het hem lukt. Ik mag meedoen en Katy en Ron ook.' Melissa kijkt Jordi aan. 'Ik word danseres, Jordi. Dat wou ik altijd al. Hoor je dat? Mijn grootste wens gaat in vervulling!'

Jordi ziet Melissa's gelukkige gezicht. Het ontroert hem. Hij besluit Jim niet af te kraken. Als die ervoor zorgt dat Melissa's droom werkelijkheid wordt, is het goed.

'Je wilt het echt graag, hè?' zegt hij.

Melissa knikt. 'Maar het gaat nog heel moeilijk worden.'

'Met de dans?'

'Ook,' zegt Melissa. 'Maar vooral met mijn ouders. Jim heeft me al voorspeld dat het niet zonder ruzie kan. Hij zegt dat het erbij hoort. Ron en Katy hebben ook heel erge moeilijkheden thuis gehad, daar moet je doorheen. Ron woont nu bij zijn tante. En Katy in een kraakpand. Ik hoop niet dat het bij mij zover komt, maar ik laat me ook niet tegenhouden, het is mijn leven. Jim zegt dat we heel beroemd gaan worden. Ik weet zeker dat mijn ouders dan trots op me zijn. Ik moet het er gewoon voor over hebben.'

Jordi denkt na. Het klinkt wel aannemelijk wat Melissa vertelt. 'Ging het vandaag ook goed?' vraagt hij.

'Nee,' antwoordt Melissa. 'Dat lukt niet met wiet. Ik moest steeds grinniken. Jim kickt er nog steeds op hoe ik die zaterdag danste. Daarom wil hij dat ik vrijdagavond meega, maar ik weet het nog niet.'

'Naar die producer?' vraagt Jordi.

'Nee,' zegt Melissa. 'Naar de Florida. Die discotheek een eind buiten de stad. Hij ligt midden in het bos.'

'Waarom daar helemaal?' vraagt Jordi. 'Je kan toch ook naar Palermo, die zit in het centrum.'

Melissa slaat haar ogen neer. 'In de Florida schijn je het te kunnen krijgen.'

'Wat kun je daar krijgen?'

Melissa prutst zenuwachtig aan haar trui. 'Gewoon iets waar je los van komt. Heb je die cd van Kevin al gekopieerd?' vraagt ze gauw.

Maar Jordi moet het weten. 'Je gaat toch geen XTC gebruiken?'

'Zo eng is dat niet,' zegt Melissa. 'Ja, als je ermee doorgaat en steeds meer neemt. Maar voor mij is het alleen een aanzetje. Na een paar keer ben ik helemaal vrij, dan durf ik echt te dansen en dan heb ik het niet meer nodig.'

Jordi weet niet wat hij hoort. Wil Melissa XTC gaan gebruiken...? Hij kan zich niet meer inhouden. 'Waar ben je in godsnaam mee bezig?' snauwt hij. 'Die Jim kan me nog meer vertellen. Het is

geen wiet hoor. Die pillen zijn chemisch. Er kan van alles inzitten. Weet je wel dat je er dood aan kunt gaan?'
Melissa knikt. 'Ik vind het ook eng, maar dat komt omdat wij er niks van weten. In de showbizz is het heel gewoon, dat heeft Jim me uitgelegd. Alle beginners gebruiken iets.'
Melissa kan Jordi niet overtuigen. 'Je gaat niet naar de Florida,' zegt hij streng. 'Ik wil het niet, anders krijg je ruzie met mij.'
'Alsof ik dat wil.' Melissa zucht.
'Ik meen het, hoor,' zegt Jordi.
Een tijdje blijft het stil. En dan geeft Melissa Jordi een klap op zijn schouder. 'Je hebt gelijk, ik zal gek zijn, ik doe het niet.'
'Weet je het zeker?' vraagt Jordi. 'Ook als ze je allemaal proberen over te halen?'
Melissa knikt.
'Dus je gaat niet?'
'Nee papa,' zegt Melissa braaf. 'En nou ga ik je helpen met je wiskunde. We hebben nog een uur voordat mijn vader thuiskomt.'
Jordi kijkt naar Melissa die het boek openslaat. Ineens lijkt zijn proefwerk zo onbelangrijk. Wat kan het hem nou schelen als hij een onvoldoende voor wiskunde krijgt. Hij voelt plotseling dat er belangrijkere dingen aan de hand zijn. Hij heeft zo vaak iets over drugs gelezen. En bij maatschappijleer hebben ze het uitgebreid behandeld. Eerlijk gezegd ging het altijd een beetje langs hem heen. Het leek zo'n andere wereld, zo ver weg. Maar sinds ze in die studio zijn geweest, is het opeens heel dichtbij. Gelukkig heeft hij Melissa van haar Florida-plan af kunnen houden. Ze luistert tenminste naar hem. Nog wel... En dan bekruipt Jordi een angstig gevoel. Wat gebeurt er als de macht van Jim sterker wordt?
'Melissa...' begint hij. Maar als hij haar blije gezicht ziet, durft hij zijn zorgen niet meer uit te spreken. 'Laat maar, er is niks.' En hij buigt zich over zijn sommen.

8

De ruzie bij Melissa thuis is alweer over. Meneer en mevrouw de Raaf hebben wel iets anders aan hun hoofd dan kwaad op hun dochter blijven. De oma van Melissa, die een poosje geleden plotseling ziek werd, is in het ziekenhuis opgenomen. Niet alleen haar ouders maken zich zorgen, ook Melissa is er overstuur van, het is haar lievelingsoma. In de kerstvakantie heeft ze met Jordi nog bij haar gelogeerd. Melissa heeft zich voorgenomen extra lief voor haar ouders te zijn. Ze hebben het al moeilijk genoeg nu ze er telkens naartoe moeten. Gisteravond is Melissa mee geweest.
'Hoe was het?' vraagt Jordi als hij Melissa 's morgens in de fietsenkelder tegenkomt.
'Ik schrok wel toen ik haar zag,' zegt Melissa. 'Maar volgens mijn moeder heeft ze er nog veel slechter uitgezien.'
Jordi denkt aan zijn eigen oma. Hij vond het ook heel naar toen ze een jaar geleden met een hersenbloeding in het ziekenhuis lag. Elke keer als de telefoon ging, dachten ze dat het mis was, maar ze is er toch bovenop gekomen.
'De dokter denkt dat ze weer beter wordt,' zegt Melissa. 'Maar we kunnen niet bij haar komen logeren als we op Zomertoer zijn.'
Dat vindt Jordi logisch. Zodra ze bij hun vrienden staan, legt Melissa uit waarom ze een andere slaapplek moeten zoeken. Gelukkig begrijpt iedereen het. Kevin heeft meteen een oplossing. 'Ik heb nog een tante in Overijssel, die vindt het vet gaaf als we een nachtje komen maffen.'
'Hmmm... lekker roti-kip.' Het is het eerste waar Jordi aan denkt.
'Dan heb jij haar bara's nog niet geproefd.' Kevin gaat met zijn tong langs zijn lippen.
'Wat is er met Toine?' Melissa wijst naar het hek.
Nu zien de anderen het ook. Zo somber hebben ze Toine nog nooit gezien. Er is vast iets vervelends gebeurd. Fleur wil hem roepen, maar dat hoeft al niet meer. Toine komt regelrecht op haar af.

'Wat heb je?' Fleur slaat bezorgd een arm om hem heen. Het is duidelijk dat de anderen het niet mogen weten, want Toine neemt Fleur mee naar een hoekje van het schoolplein.

'Die gaat het uitmaken,' zegt Debby.

Jordi vindt dat het er wel erg triomfantelijk uitkomt. Hij hoopt niet voor Fleur dat Debby gelijk krijgt. Ze is juist zo verliefd.

'Nou, wat heb ik jullie gezegd.' Kevin haalt een boterham uit zijn rugtas. Hij ontbijt meestal op het schoolplein. 'Ik ben niet voor niks tegen verkering. Je hebt er niks aan. Het geeft alleen maar gedoe.'

Melissa vindt dat Toine beter een ander moment had kunnen kiezen om het uit te maken. 'Het is vrijdag, we zouden gezellig naar het Kooltuintje gaan.'

Kevin en Jordi hebben al helemaal bedacht hoe ze Fleur moeten opvrolijken als Melissa hen aanstoot. 'Ja, die verkering is echt uit, zeg!'

Als ze zich omdraaien, moeten ze alle drie lachen. Alleen Debby wendt haar hoofd af.

'Wij weer,' zucht Kevin. 'Die twee staan gewoon lekker te zoenen.'

'En?' vragen ze als Fleur terug is.

Fleur aarzelt of ze het zal vertellen.

'Wedden dat je het toch niet voor je kan houden?' zegt Kevin.

'Goed dan,' geeft Fleur toe. 'Toine werd midden in de nacht wakker en toen kon hij niet meer slapen.'

'Dat heb ik ook wel eens,' zegt Kevin.

'Toine had iets heel naars gedroomd. Hij had gedroomd dat ik het wou uitmaken.'

'Dat is toch ook zo,' pest Kevin.

Fleur pikt een stukje kip van zijn boterham en stopt het in haar mond. 'Dat mocht je willen.'

Jordi denkt ook niet dat Fleur het snel zal uitmaken. Hij heeft haar nog nooit zo gelukkig gezien. Als hij eraan denkt hoe blij ze van de week keek toen Toine zei dat hij mee op Zomertoer wou. Ze vinden het allemaal gezellig dat Toine meegaat. Kevin was eerst nog bang dat het een beetje klef zou worden, maar van Fleur en Toine kan hij het wel hebben. Ze hebben zo'n plezier samen. Jordi moest van de week heel erg om Fleur lachen. Ze stelde Toine voor naar het warenhuis te gaan. Toine zag er niks in. 'Wat moet ik daar nou?' zei hij. Jordi begreep ook niet wat er zo leuk aan was. Later hoorden ze dat Fleur Toine een pashokje in had gelokt. Ze schoof het gordijn dicht en begon hem te zoenen. Dat lijkt Jordi ook wel spannend.

'Ik heb geen zin vandaag,' zegt Jordi als de bel gaat.

'Help!' Ze zien er allemaal tegenop.

'Waar maken jullie je druk over,' zegt Kevin. 'We hebben maar acht uur.' En dan moeten ze gelukkig weer lachen.

De ochtend gaat best snel voorbij. Dat komt doordat ze twee uur Nederlands hebben en daarna tekenen. Maar de middag is een crime. Vooral het laatste uur. Meneer de Leeuw is echt aan het weekend toe. Ze zitten nog niet in de klas of hij begint al.

'Kevin, wil je je pet afzetten?'

'Waarom meneer?' vraagt Kevin beleefd.

'Omdat ik je ogen wil zien.'

'O, dan draai ik hem wel om.' En Kevin duwt zijn klep naar achteren.

'Kevin, doe die pet af,' zegt meneer de Leeuw streng.

Kevin vindt het onredelijk. 'Zo kunt u mijn ogen toch zien.' Meneer de Leeuw houdt voet bij stuk.

'Goed hoor.' Zuchtend legt Kevin zijn pet op tafel. Om te pesten doet hij zijn haar naar voren, zodat er een superlange lok voor zijn ogen hangt. Je kan amper zijn neus zien. De hele klas schiet in de lach, hij ziet er ook zo onnozel uit.

'Kevin, doe je haar onmiddellijk goed!' dendert het door de klas. Jordi heeft De Leeuw nog nooit zo fel gezien.

'Dat is mijn nieuwe look,' probeert Kevin en dan kan hij vertrekken.

'We hebben het overleefd.' Zuchtend strompelen ze na het achtste uur de school uit.

'Wat dachten jullie ervan om te gaan poolen?' vraagt Jordi. 'We kunnen kiezen uit...' Midden in de zin valt hij stil. 'Kijk eens wie daar staat,' zegt hij tegen Melissa.

Melissa schrikt. 'Toch niet mijn vader, hè?' Ze is bang dat er iets met haar oma is. Als ze ziet dat het Jim is, loopt ze naar hem toe. De anderen kijken Jordi vragend aan. 'Een of andere lover?' Jordi legt uit dat het een van de dansers is.

'Moeten we op Melissa wachten?' vraagt Kevin. Maar Melissa komt er al aan.

'Gaan jullie maar, ik kan niet mee. Ik moet even iets bespreken.'

'Ja, dat krijg je als je de showbizz ingaat,' lacht Kevin. 'Dan is er voor je vrienden geen tijd meer.'

Jordi moet lachen, maar dan bedenkt hij ineens dat het vrijdag is. Hij loopt naar Melissa toe. Hij wil haar waarschuwen dat ze zich niet moet laten overhalen toch naar de Florida te gaan maar Melissa geeft hem geen kans. Ze zoent hem vlug op zijn wang. 'Ik bel je nog.' En voordat Jordi een woord heeft kunnen zeggen is ze al weg.

Het liefst zou Jordi haar achternagaan, maar hij beseft dat dat niet kan. Hij moet haar vertrouwen. Melissa heeft gezworen vanavond thuis te blijven, dan moet hij ook niet zeuren. Die Jim heeft waarschijnlijk een nieuwtje over zijn producer. Jordi hoopt maar dat het een leuk nieuwtje is. Nu Melissa's oma zo ziek is, kan ze best een opvrolijkertje gebruiken.

'Ga je mee?' vraagt Kevin. 'Of blijf jij hier het weekend staan.'

'Nee, ik ga mee.' En Jordi zet Jim uit zijn hoofd.

Dat is een meevaller. Jordi heeft er een baantje bij en hij heeft er niet eens veel moeite voor hoeven doen. In het Kooltuintje ontmoette hij Folkert, een vriend van Toine. Die vertelde dat ze in de Marionet iemand voor in de keuken zochten. Folkert heeft daar zelf elke zaterdagavond afgewassen, van zeven tot elf, een half jaar lang. Omdat hij een baantje als pompbediende kan krijgen heeft hij het opgezegd.

Ze dachten allemaal hetzelfde. Dat baantje in het restaurant is iets voor Jordi. Ze weten dat hij geld nodig heeft. En die tien euro per week die hij bij meneer de Raaf verdient, is echt niet genoeg om zijn vliegreis van te betalen. Jordi voelde zich een spelbreker, ze zouden net gaan poolen. Op aandringen van de anderen is hij toch gegaan.

Het was een heel deftig restaurant. De baas, meneer Kromwijk, leek hem niet gemakkelijk. 'Het is wel de bedoeling dat je je handen uit je mouwen steekt,' zei hij. 'En je hoeft maar één keer af te bellen of je ligt eruit.'

Folkert had Jordi al voorbereid. Het schijnt dat Kromwijk wel meevalt als je er eenmaal werkt. Om het baantje te krijgen heeft Jordi niet gezegd dat hij geen ervaring had. Hij zei dat hij al vaker had afgewassen in de keuken van een ziekenhuis en dat gaf de doorslag.

Na het sollicitatiegesprek was Jordi meteen teruggegaan naar het Kooltuintje, maar zijn vrienden waren niet aan het poolen. Ze hadden besloten die avond naar de film te gaan. Om acht uur hebben ze in de Harmonie afgesproken. Fleur zou Melissa bellen om het te zeggen. Ze moest haar toch nog spreken over hun werkstuk.

Als Jordi thuiskomt, heeft zijn vader een supergoed humeur. Hij maakt niet eens bezwaar tegen Jordi's baantje. Jordi krijgt zomaar een tientje voor de film en als hij onder het eten over meneer de Leeuw vertelt, geeft zijn vader Kevin nog gelijk ook. Nou, dat mag in de krant. Meestal is zijn vader op de hand van de leraren. 'Tot straks.' Jordi geeft zijn vader een zoen. Hij moet aan René denken. Die mag zijn vader niet meer zoenen. De vader van René vindt dat zijn zoon daar nu te groot voor is. Jordi vindt dat onzin. Wat heeft dat nou met je leeftijd te maken? Je mag je vader toch wel een zoen geven, al ben je veertig. Op Renés vijftiende verjaardag gaf zijn vader hem ineens een hand. Volgens René vielen zijn vingers er bijna af. Fijn verjaardagscadeau, dacht Jordi toen hij dat hoorde.

Jordi rijdt de straat uit. Hij is benieuwd hoe het met Melissa is gegaan. Hij zal het zo wel horen. Ze hebben ruim van tevoren afgesproken, zodat ze nog een sigaretje kunnen roken. Dat idee kwam natuurlijk van Debby, dat is de grootste smoker. Op Toine na.

Jordi kijkt op zijn horloge. Hij is vroeg, dat komt doordat hij zo snel heeft gefietst. Als hij de bioscoop in komt, kijkt hij de hal rond. Er is nog niemand, of toch? Bij de kapstok ziet hij Debby en Toine staan. Toine showt haar zijn nieuwe oorring. Debby zit er met haar vingers aan. Als ze de oorring loslaat, geeft ze Toine een zoen in zijn nek. Jordi kan zijn ogen niet geloven. Waar is die mee bezig? Even denkt hij nog dat hij het zich heeft verbeeld, maar als Debby hem ziet, kleurt ze. Dat is het bewijs voor Jordi dat er iets niet klopt.

Hij krijgt er een akelig gevoel bij. Hij weet niet zo goed hoe hij moet kijken en hij wil er ook niks van zeggen. Gelukkig komen Fleur en Kevin er op dat moment aan. Als Fleur Jordi ziet, slaat ze haar hand voor haar mond. 'Ik ben helemaal vergeten Melissa te bellen. Wat een sukkel ben ik…'

Echt Fleur, denkt Jordi, die vergeet altijd alles, zeker nu ze verliefd is. Maar hij doet er niet moeilijk over; het is nou toch al gebeurd.

'Dan bellen we nu toch.' Jordi pakt zijn mobiel en toetst Melissa's nummer in. Hij krijgt mevrouw de Raaf aan de lijn.

'Hallo, met Jordi,' zegt hij. 'Mag ik Melissa even.'

'Dat gaat niet, Jordi,' zegt Melissa's moeder. 'Je moet haar bij Fleur bellen, daar is ze vanavond en ze blijft er slapen. Het komt ons nu wel goed uit met oma.'

Jordi voelt alle kleur uit zijn gezicht wegtrekken. 'O eh… dan bel ik haar daar wel. Dag mevrouw,' zegt hij beleefd. Maar als hij zijn mobiel dichtklapt, roept hij: 'Shit!'

'Wat zei ze?' vraagt Kevin.

'Dat Melissa bij Fleur slaapt…'

De anderen begrijpen meteen dat Melissa een smoes heeft verzonnen.

'Zo erg is dat toch niet?' zegt Kevin. 'We verzinnen allemaal wel eens iets. Misschien is ze naar een feest.'

'Ze is niet naar een feest!' schreeuwt Jordi. 'Ze is naar de Florida! Ze is toch gegaan!' Hij bonkt met zijn vuisten tegen de muur.

9

Jordi had het liever geheimgehouden, maar nu moet hij wel vertellen wat er met Melissa aan de hand is. Zijn vrienden begrijpen anders niet waarom hij zich zo'n zorgen om haar maakt. Eigenlijk vindt hij het wel een opluchting dat ze het weten. De kans dat ze er met elkaar iets op weten te vinden is veel groter dan dat hij er in zijn eentje uitkomt. Helaas gaat het anders dan hij denkt.

Fleur schrikt heel erg als ze het hoort. 'Gaat Melissa echt XTC gebruiken? Dat moet ze niet doen. Weet ze dan niet hoe gevaarlijk dat is en wat ervan kan komen?'

Kevin weet ook niet wat hij hoort. Hij snapt niet dat Melissa zo onnozel kan zijn. Hij is echt bezorgd, dat ziet Jordi wel. Hij maakt er niet eens een grapje over. Jordi kan zich niet heugen wanneer hij Kevin voor het laatst zo ernstig heeft gezien. Hij wil er alles aan doen om Melissa te helpen.

Debby reageert heel anders; die wordt alleen maar kwaad. Ze vindt het belachelijk van Melissa. 'Mijn vriendin is ze niet meer, als ze dat maar weet.'

Jordi wordt woedend. Hij heeft zin om haar een klap in haar gezicht te geven. Wat is dat nou voor reactie. Je laat je vriendin toch niet zomaar vallen. Gelukkig is ze de enige die er zo over denkt. 'Als Melissa zelf niet inziet hoe stom ze bezig is, zullen wij het haar aan het verstand moeten brengen,' zegt Fleur. 'Daar zijn we toch vrienden voor.'

Debby trekt een gezicht alsof Fleur iets heel raars zegt.

'Het is ook onze schuld.' Jordi herinnert Debby eraan dat Melissa de afspraak met Rob Houtenbos wou afbellen omdat ze het zo eng vond.

Debby begrijpt niet wat dat ermee te maken heeft.

'O nee?' zegt Jordi. 'Wie hebben er toen voor gezorgd dat ze toch is gegaan? Wij. Wat waren we trots dat Melissa in een clip zou komen. Jij misschien niet, maar wij allemaal wel. We hebben haar overgehaald. Als we dat niet hadden gedaan, had ze die Jim nooit ontmoet.'

'Onzin.' Debby drukt haar sigaret uit. 'We hebben toch niet gezegd dat ze met een of andere engerd moest aanpappen. Dacht je dat ik zo gek zou zijn? Hij kon oprotten met zijn XTC.'

'Jij snapt ook nooit iets, hè?' zegt Jordi. 'Melissa denkt dat die Jim een beroemde danser van haar gaat maken. En dat verzint ze niet zomaar, dat heeft hij beloofd. Daar komt het allemaal door. Maar waarom vertel ik dit eigenlijk nog, jij snapt toch nooit iets.'

'Nee, of jij zo intelligent bent,' snauwt Debby.

Het gesprek wordt steeds grimmiger. Jordi heeft helemaal geen zin meer om naar de film te gaan. En zeker niet met Debby. Maar Kevin vindt het zonde. 'We halen net vijf kaartjes, dan had ik die poen liever bij mijn draaistuur gelegd.'

Fleur en Toine vinden ook dat ze gewoon moeten gaan.

'Wat moeten we anders?' zegt Fleur. 'In het Kooltuintje gaan zitten? Alsof Melissa daar iets mee opschiet.'

'Dan kunnen we een plan bedenken,' zegt Jordi. 'Ik weet waar die disco is.'

'Wat ben je toch een naïef kereltje, hè?' Debby zucht geërgerd. 'Tegen de tijd dat die zooi op gang komt, moeten wij allang thuis zijn. Trouwens, ik wil er niks mee te maken hebben.'

'Nee, dat kun je niet aan, daar ben je nog te klein voor,' zegt Jordi.

'Hij wel.' Debby lacht Jordi in zijn gezicht uit. 'Dacht je nou echt dat ze jou daar binnenlieten met je babyface.'

Als ze nog even doorgaan, wordt het knallende ruzie. Fleur kapt het af. 'We gaan gewoon naar de film, afgesproken is afgesproken.'

En dat vinden Toine, Kevin en Debby ook.

'Oké.' Jordi sluit zich bij de meerderheid aan. Misschien is het ook wel goed om even aan iets anders te denken. Fleur heeft gelijk, op dit moment kunnen ze niks voor Melissa doen. Jordi loopt achter zijn vrienden aan de filmzaal in. Hij is blij dat hij naast Fleur zit en niet naast die vreselijke Debby.

Hij is niet de enige die zich ongerust maakt. Als de film begint,

knijpt Fleur in zijn hand. 'Ga maar lekker kijken. We zullen haar ogen echt wel openen, hoor, het komt heus wel goed.'
Gelukkig, denkt Jordi. Hij is blij dat hij er tenminste niet helemaal alleen voor staat.

Jordi doet echt zijn best, maar hij kan zijn gedachten niet bij de film houden. Melissa mag geen XTC gebruiken, dat is het enige wat hij denkt. Hij moet haar tegenhouden. Hij begrijpt niet wat hij in de bioscoop doet. Hij wil haar ompraten, nu kan het nog, het is nog vroeg. Hij gelooft nooit dat ze al op weg is naar de Florida. Jordi vraagt zich af waar Melissa uithangt. Hij denkt niet dat ze ergens in een café zit, dat risico zal ze niet nemen. Ze is veel te bang dat iemand haar betrapt. Tenslotte logeert ze zogenaamd bij Fleur. Bovendien heeft ze nog niet één keer met die Jim in een café afgesproken. Ze zijn altijd bij hem thuis. Dat kan natuurlijk ook makkelijk, hij heeft het hele huis voor zich alleen. Dat zou dus betekenen dat ze nu ook in de Van Hogendorpstraat zitten. Jordi zucht diep. Dat hij daar niet eerder aan heeft gedacht. Hij gaat naar Melissa toe om haar te zeggen dat ze zich aan haar belofte moet houden. Ze heeft zelf gezegd dat ze geen ruzie met hem wil. Hij moet haar onder druk zetten. Het is beter dat hij niet bij de deur zegt waarvoor hij komt. Hij moet niet hebben dat die Jim haar weghoudt. Daar ziet Jordi hem zo voor aan. 'Nee, Melissa is hier niet, sorry.' Mooi dat hij daar niet in trapt. In dat geval loopt hij gewoon door. Hij moet Melissa te spreken krijgen. Jordi wil het liefst meteen opstappen, maar hij vindt dat hij dat niet kan maken. Hij kan het tegen Fleur zeggen. Jordi kijkt naast zich en dan schiet hij in de lach.
Die twee moesten zo nodig naar de film. Zo te zien hebben ze geen idee waar het over gaat. Ze zitten alleen maar te zoenen. Af en toe kijkt Jordi opzij, maar het gevrij houdt niet op. Hij zal moeten wachten tot de pauze.
Eindelijk gaat het zaallicht aan. Kevin heeft het gevrij blijkbaar ook gemerkt, want die zat naast Toine. 'Goeie film, hè?' zegt hij. Als Toine en Fleur knikken, vraagt hij: 'Waar gaat hij dan over?'
'Pestkop.' Fleur wordt rood.

Als de anderen naar het rokersgedeelte lopen, pakt Jordi zijn jas.
'Wat ga je doen?' vraagt Kevin.
'Jullie mogen van mij de film afkijken, maar ik ga naar die Jim en ik haal Melissa daar weg.'
'Hij wel,' zegt Debby. 'Alsof ze zich zo laat meenemen. Dat lukt je echt niet.'
'Wel als wij ook meegaan. Kom op.' Fleur trekt Toine mee naar de kapstok. 'Melissa is belangrijker dan die film.'
Kevin weet niet zo goed wat hij ermee aan moet. 'Dus we breken nu allemaal op?'
'Nee, ik niet. En jij ook niet. Anders moet ik hier helemaal alleen blijven en dat wil je niet, hè Kevin?' Debby slaat een arm om Kevin heen.
'Ik blijf bij Debby,' zegt Kevin.

Jordi vindt het fijn dat Fleur en Toine mee zijn. Nu weet hij helemaal zeker dat het lukt om Melissa daar weg te krijgen. Ze laat haar vrienden echt niet voor gek staan. Fleur repeteert hardop op de fiets wat ze zal zeggen als Jim opendoet. 'Ik hoorde dat Melissa bij mij logeerde, dus ik kom haar halen. Mijn ouders wachten beneden.'
Jordi vindt het briljant, echt Fleur weer. Dan moet Melissa wel meekomen. Hij is meteen een stuk opgeluchter.
'Moeten we nog ver?' vraagt Toine als ze tien minuten hebben gefietst. 'Ik weet absoluut niet waar die straat is.'
Jordi schudt zijn hoofd. Toine mag dan een fanatiek drummer zijn, hij is niet bepaald sportief, dat heeft hij al eerder gemerkt. Dat wordt nog wat van de zomer, want als ze Kevin z'n gang laten gaan, maakt hij er een soort overlevingsweek van.
'We zijn er bijna,' antwoordt Jordi. 'Zie je dat plein in de verte? Daar moeten we rechtsaf.'
'Nummer twaalf,' zegt Jordi als ze de Van Hogendorpstraat inrijden. 'Je zult Melissa's fiets wel zien.' Hij crosst de stoep op. 'Hier is het.' Jordi weet precies welke deur het is. Hij hoeft niet eens op de nummerbordjes te kijken. Hij schrikt als hij naar de boom kijkt. Er staat wel een fiets, maar die is niet van Melissa.

'Dat ding staat nog op school,' stelt Fleur hem gerust. 'Ze ging toch bij die knakker achter op de scooter.'

'Dat is ook zo.' Jordi zucht opgelucht. 'De bel werkt waarschijnlijk niet,' zegt hij dan, maar hij probeert het toch.

'Nee dus,' zegt Toine als er niet wordt opengedaan. 'Waar is het?' Jordi wijst omhoog. 'Driehoog, bij die grote ramen.'

Ze zien het alle drie tegelijk: er brandt geen licht.

'Ze moeten hier zijn.' Jordi geeft het niet op. 'We vragen het aan de buren en dan lopen we gewoon naar boven.'

Voordat de anderen reageren, heeft hij zijn vinger al op de bel. Langzaam wordt de deur opengetrokken. 'Wie is daar?' klinkt een mannenstem boven aan de trap.

'We komen voor Jim,' zegt Jordi. 'Maar de bel van driehoog is stuk.'

'Jim is er niet,' roept de man naar beneden. 'Ik zag ze net weggaan. Ze waren met een heel ploegje.'

'Dank u wel.' Ze trekken de deur dicht en kijken elkaar aan.

'Net te laat,' zegt Toine.

'Zie je wel.' Jordi heeft spijt dat hij tot de pauze heeft gewacht. 'Ik had veel eerder moeten opstappen.'

'Zullen we teruggaan naar de bioscoop?' vraagt Fleur. 'Dan kunnen we nog iets drinken met de anderen.'

Jordi moet er niet aan denken. 'Gaan jullie maar, ik heb geen zin. Ik ga naar huis.' En hij stapt op zijn fiets.

'Jij bent vroeg,' zegt Jordi's vader als Jordi de kamer in komt.

'Ik heb hoofdpijn.' Jordi loopt meteen door naar boven.

'Zal ik je een aspirientje brengen?' vraagt zijn moeder.

Ook dat nog, denkt Jordi. 'Nee, dat hoeft niet.'

In zijn kamer vindt hij ook geen rust. Hij wou dat hij er met zijn ouders over kon praten, maar dat lijkt hem niet verstandig. Zijn ouders zullen het zeker aan mevrouw en meneer de Raaf vertellen. Niet om Melissa te verraden, maar omdat ze vinden dat het hun plicht is. De vader van Melissa heeft zijn ouders ook opgebeld toen hij had gemerkt dat ze in groep acht rookten. Jordi weet nog goed hoe overdreven die man deed, alsof er een slof sigaretten per dag doorheen ging. Ze hadden allemaal twee trekjes genomen, dat was alles en ze vonden het nog vies ook. Gelukkig reageerden zijn ouders niet zo hysterisch. Maar XTC is wel iets anders dan een paar trekjes van een sigaret. Zijn ouders zullen zich doodschrikken. Melissa zal het hem nooit vergeven als hij haar verraadt en dat is hij ook niet van plan. Het lijkt hem beter dat hij zijn mond houdt.

Jordi vraagt zich af waar Melissa nu is. Het is nog te vroeg voor de Florida. Misschien zijn ze bij Katy, maar dat adres heeft hij niet. Wist hij maar waar ze zat, dan ging hij meteen naar haar toe. Hij zet zijn lievelingsmuziek op, maar ook dat leidt hem niet af. Het lijkt wel of hij zich elke minuut beroerder begint te voelen.

Jordi gaat op bed liggen. In gedachten ziet hij Melissa de Florida binnengaan. Zou ze meteen gaan slikken of zou ze nog een tijdje wachten? Jordi vraagt zich af wat er gebeurt als ze er niet tegen kan. Je kunt er behoorlijk beroerd van worden, dat heeft hij wel eens gelezen. Hij krijgt een naar gevoel in zijn buik. Hij moet er niet aan denken dat Melissa daar staat, in haar eentje, want die Jim heeft vast niks in de gaten. Die gaat zelf natuurlijk helemaal uit zijn dak.

Jordi springt op. Onrustig loopt hij door zijn kamer heen en weer. Dit kan toch niet, hij kan Melissa daar toch niet alleen laten. Stel je voor dat het misgaat. Dat zou hij zichzelf nooit vergeven. Tenslotte weet hij wat ze van plan is. Maar wat kan hij eraan doen? Hij zou naar de Florida kunnen gaan, maar hoe moet hij dat voor elkaar krijgen? Zijn ouders zullen vragen of hij gek geworden is als hij om elf uur zijn jas aantrekt. Hij weet zeker dat hij niet wegkomt. Of hij zou stiekem moeten ontsnappen als ze in bed liggen. Jordi denkt na. Gaat dat niet veel te ver? Opnieuw ziet hij Melissa voor zich en dan neemt hij een besluit. Hij gaat er naartoe.

Jordi luistert boven aan de trap. In de kamer staat de televisie nog aan. Voorlopig gaan zijn ouders nog niet naar bed. Dat kan nog wel een half uurtje duren. Maar nu hij besloten heeft te handelen, komt hij de tijd wel door. Jordi hoeft niet eens zo lang te wachten. Als zijn cd is afgelopen, hoort hij zijn ouders in de badkamer rommelen. Een tijdje later gaat de slaapkamerdeur dicht. Na een kwartier is het helemaal stil in huis. Maar Jordi durft nog niet te vertrekken. Hij moet zeker weten dat zijn ouders echt slapen.

10

Het is midden in de nacht als Jordi het dorp uitrijdt. Hij denkt aan zijn ouders die liggen te slapen. Als ze wisten dat hij over deze donkere weg fietste, stonden ze meteen naast hun bed. Zelf vindt hij het ook niet bepaald prettig. In de hele omtrek is geen huis te bekennen, alleen bos aan beide kanten. Telkens als hij een auto achter zich hoort, verkrampt hij. Pas als blijkt dat de automobilist hem passeert, durft hij weer door te fietsen. Jordi moet de hele tijd aan het krantenbericht denken. Een tijdje geleden is op deze weg een jongen in het donker van zijn fiets gesleurd en in elkaar geslagen. Bij maatschappijleer hebben ze er uitvoerig over gepraat. Niemand van de klas begreep dat die jongen hier 's nachts in zijn eentje was gaan rijden. Jordi had er ook zijn mond van vol. En nu fietst hij hier zelf. Als hij aan zijn angst zou toegeven, zou hij meteen omdraaien. Het komt door Melissa dat hij doorzet.

Opnieuw hoort Jordi een auto aankomen. Niet omkijken, denkt hij. Je moet nooit laten merken dat je bang bent. Jordi knijpt met zijn handen in het stuur, maar hij trapt dapper door, tot de auto vaart mindert. Hij voelt zijn hart in zijn keel kloppen. Hij wou dat hij het zich verbeeldde, maar dat is niet zo. Hij hoort het duidelijk, de auto remt af en stopt ongeveer dertig meter voor hem bij een lantaarnpaal.

Omkeren, denkt Jordi. Maar tegelijkertijd realiseert hij zich dat dat zinloos is. Als die automobilist kwaad wil, haalt hij hem zo in. Met ingehouden adem rijdt hij door. Op het moment dat het portier opengaat, staat zijn hart stil. Kwam er maar iemand aan, denkt Jordi, maar de weg is uitgestorven. Hij voelt in zijn zak. Zijn sleutelbos is zijn enige wapen. Jordi overweegt zijn kansen. Hij kan het beste het bos inrennen. Hij wacht tot de man uitstapt. Hij hoeft maar één stap in zijn richting te zetten of hij knalt zijn fiets neer en neemt een sprint. Maar de chauffeur let niet eens op Jordi. Hij loopt naar de voorkant van zijn auto en tilt de motorkap op. Opgelucht fietst Jordi door.

Wat een rit is dit! Jordi is nog nooit zo bang geweest. En dan te bedenken dat hij vannacht dat hele eind weer terug moet. Waarschijnlijk is hij dan niet alleen en zit Melissa bij hem achterop. Met zijn tweeën is het niet zo akelig stil. Vooral niet met Melissa, die kletst altijd aan een stuk door. Ineens trapt hij op zijn rem. Heeft hij zijn portemonnee wel bij zich? Hij zal toch entree moeten betalen. Jordi voelt in zijn zak. Gelukkig, hij zit erin. Stel je voor dat hij deze hele expeditie voor niks had uitgevoerd. Hij weet niet of hij de moed zou hebben weer op weg te gaan als hij eindelijk thuis was.

Hèhè. Jordi zucht als hij de lichten van de Florida ziet. Je kunt merken dat hij er vlakbij is, want uit alle zijweggetjes komen jongens en meiden op scooters en in auto's aanrijden.

Terwijl Jordi zijn fiets op slot zet, kijkt hij naar de ingang van de discotheek. Met die portier moet je geen ruzie krijgen. Hij loopt in de richting van de ingang. De portier is bezig een groepje jongens te fouilleren. Uit een van de zakken haalt hij een mes. Jordi vindt het goed dat de portier het inneemt. Vorig jaar is er in deze discotheek gevochten en toen is er een jongen doodgestoken. Hij hoopt dat hij naar binnen mag. Als je zestien moet zijn, redt hij het wel. Van een afstandje leest hij het bordje op de deur. *Toegang vanaf achttien jaar* staat erop. Als dat echt zo is, kan hij het wel vergeten.

Er lopen twee Marokkaanse jongens langs hem. Jordi heeft Abdoul en Hassan wel eens bij René ontmoet. Ze zitten bij Renés broer op voetballen. Het komt te laat in Jordi op dat hij had moeten vragen of hij met hen mee naar binnen mocht. Dat hadden ze vast gedaan want ze zijn heel aardig. Zonde, ze staan al bij de kassa. Abdoul haalt zijn portemonnee tevoorschijn, maar de portier gebaart dat het zinloos is. 'Het is vol.'

Jordi zucht. Heeft hij even pech, dan kan hij er dus ook niet in. Abdoul en Hassan gaan een eindje verderop staan. Ze hopen natuurlijk dat er straks iemand uitkomt, net als in een parkeergarage. Maar dat lijkt hem niet waarschijnlijk. Er komt juist een groepje jongens en meiden aan. Die zullen ook wel teleurgesteld zijn dat ze terug moeten. Hé, waarom worden zij wel binnengelaten? Eerst denkt Jordi dat het kennissen van de portier zijn, maar als er daarna weer twee jongens naar binnen mogen, begint er iets te dagen. De discotheek is helemaal niet vol. Abdoul en Hassan komen er niet in omdat ze Marokkaans zijn. Wat gemeen! Jordi denkt aan Jawad; die vertelde laatst ook zoiets. Ze dachten dat hij overdreef, maar nu heeft hij het met eigen ogen gezien. De Florida discrimineert. Jordi ziet dat Abdoul op de portier toeloopt. Hij probeert met hem te praten, maar de portier kapt het af. 'Als je niet gauw oprot, laat ik je hier weghalen,' dreigt hij. Hij haalt zijn telefoon al uit zijn zak om zijn collega's op te piepen. Abdoul praat maar door: dat hij hier al zo vaak is geweest en dat het dan altijd zogenaamd vol is. Hassan trekt hem mee. Hij is bang dat Abdoul anders door die bodybuilders in elkaar wordt geslagen.

Jordi kan het niet verkroppen. Hij wist niet dat de Florida zo'n foute discotheek was. Ze zouden hem moeten boycotten. Dat hebben ze met een snackbar vlak bij hun school ook gedaan. Die man liet altijd witte klanten voorgaan. Kevin heeft er wel eens heel lang staan wachten, terwijl hij het eerst aan de beurt was. Dat heeft die eigenaar wel geweten. Ze hebben de hele school tegen hem opgezet. Steeds meer jongeren kwamen het te weten. Sindsdien zag je bijna nooit meer iemand in die snackbar en een tijdje later werd hij opgeheven. Eigen schuld. Zoiets moeten ze met de Florida ook doen. Maar als hij Melissa wil spreken, zal hij zijn principes toch opzij moeten zetten. Als hij er tenminste in komt. Hij hoeft niet te denken dat hij voor achttien jaar kan doorgaan. Jordi kijkt om zich heen. Er komt iemand aan die op Freek lijkt. Als de jongen dichterbij komt ziet Jordi dat het inderdaad Freek is. Jordi kent hem van school; Freek zit in de eindexamenklas. Hij heeft een vriendin bij zich. Freek moet hem ook kennen. Hij is voorzitter van het schoolbestuur. Jordi en Kevin hebben laatst nog met hem over het oprichten van een filmclub gepraat. Even aarzelt Jordi nog, maar dan stapt hij op Freek af.

'Hoi,' zegt hij. 'Kan ik misschien met jou mee naar binnen?'

Freek herkent hem wel. Waarschijnlijk wil hij stoer doen tegenover zijn vriendin. 'Jij hoort hier helemaal niet, kleintje, je moet allang in je bed liggen.' En hij wil doorlopen. Maar zijn vriendin blijft staan.

'Doe niet zo flauw, als dat jochie nou naar binnen wil. Geef maar geld,' zegt ze tegen Jordi. 'Dan regel ik het wel voor je.'

Jordi haalt tien euro uit zijn portemonnee. Het komt goed uit dat hij morgen gaat afwassen, anders was hij weer de hele week platzak.

'Jij bent geen achttien.' De portier kijkt Jordi aan.

'Dat is mijn broer,' zegt het meisje. 'Wij letten op hem, goed?'

De portier is niet van plan hem door te laten, dat ziet Jordi wel. 'Zijn verkering is net uit,' fluistert het meisje de portier toe. 'Hij moet een beetje opgevrolijkt worden.' Jordi wist niet dat één knipoog van een mooie meid zoveel kon bewerkstelligen. De portier is helemaal om. 'Jij hebt een lieve zus, zeg.' Hij geeft Jordi een duw. 'Vooruit, loop maar door.'

'Bedankt,' zegt Jordi als ze binnen zijn. Het meisje zegt nog iets tegen hem, maar de muziek staat knetterhard, zodat hij het niet kan verstaan.

'Laat maar zitten,' schreeuwt het meisje. Ze steekt haar hand op en loopt achter haar vriend aan.

Jordi kijkt om zich heen. Het valt hem op dat er wel een paar Surinaamse jongens zijn maar geen Turken en Marokkanen. Hij vindt het maar een smerig gedoe. Dus als ze later met een stel naar de Florida gaan, komt Jawad er niet in. Wat een walgelijk idee.

Als Jordi niet wist dat de Florida racistisch was, had hij het echt een leuke discotheek gevonden. Ze draaien flitsende muziek en de ruimte ziet er ook gaaf uit. Middenin is de bar en daaromheen wordt gedanst. Het is er propvol. Hoe moet hij hier Melissa vinden? De felle lichten die steeds aan- en uitgaan maken het zoeken ook niet gemakkelijk. Jordi baant zich een weg door de menigte. Hij heeft algauw door dat er alleen langs de kant ruimte is om te lopen. Hij kijkt naar de dansende massa. De meesten hebben van alles uitgetrokken. Hij staat echt voor paal met zijn jas aan. Ineens voelt Jordi hoe heet het is. Hij trekt zijn jas uit, maar dat helpt niet eens. De zweetdruppels staan op zijn voorhoofd.

Nee hè? Jordi ziet opeens Gusta aan de bar zitten. Ze woont bij hem in de straat. Gusta is niet ouder dan hij, maar ze lijkt wel achttien. Ze heeft ook altijd verkering met jongens die al autorijden. Ze moet hem hier niet zien. De moeder van Gusta is zo'n kwek. Hij moet er niet aan denken dat ze zijn moeder aanschiet. 'Die Jordi wordt toch ook groot, hè? Gisternacht was hij in de Florida.' Dan hangt hij.

Als Gusta zijn kant op kijkt, duikt Jordi weg. Hij botst per ongeluk tegen een meisje op. Zo hard was het eigenlijk niet, maar ze valt toch bijna om. Jordi kan haar nog net vastgrijpen.

'Sorry,' zegt hij. Jordi merkt dat het meisje een beetje dronken is. Ze gaat om zijn nek hangen. 'Zullen we even dansen?' vraagt ze. Alsjeblieft niet, denkt Jordi. 'Ik wacht op mijn vriendin,' zegt hij en hij maakt haar armen los. Voordat het meisje hem weer vastgrijpt, loopt hij gauw weg. Jordi kijkt achter zich, maar ze heeft alweer iemand anders te pakken. Hij kijkt of hij Melissa ziet. Als hij drie keer de hele discotheek heeft rondgelopen, verliest hij de moed. Het lukt hem nooit om Melissa te vinden. Kende hij hier maar iemand aan wie hij het kon vragen. Jordi gaat tegen de muur staan en kijkt naar de dansende mensen. Ineens gaat er een schok door hem heen. Middenin een groep danst een meisje heel wild. Ze heeft haar T-shirt onder haar hesje uitgetrokken en haar haren zijn kletsnat van het zweet. Het is Melissa. Jordi herkent haar bijna niet. Ze ziet eruit of ze van een andere planeet komt. Als hij naar haar ogen kijkt, weet hij het zeker: ze heeft XTC geslikt. Jordi begrijpt er niks meer van. Hij heeft al die uren gedacht dat hij naar haar toe zou rennen en haar mee zou kunnen nemen, maar nu hij hier staat is het anders. Dit is niet de Melissa met wie hij al jaren zijn geheimen deelt. Hij durft haar niet eens aan te spreken. Ze zou hem niet herkennen. Hij is er zeker van dat ze niet met hem meegaat. Die blijft hier nog uren dansen, net zolang tot de pillen zijn uitgewerkt. Jordi krijgt een heel verdrietig gevoel. Het lijkt op een nachtmerrie die hij laatst had. Hij liep helemaal alleen door een vreemde stad te dwalen en toen hij eindelijk Melissa zag, hoorde ze hem niet. Hij raakte haar aan, maar ook dat hielp niet, ze voelde het niet eens. En nu heeft hij geen nachtmerrie, dit is echt. Het besef dat Melissa onbereikbaar is, maakt hem paniekerig. Hij heeft het gevoel of alles om hem heen begint te draaien. Hij knijpt zijn ogen dicht om het felle licht af te schermen. Hij moet water hebben.

Eindelijk heeft hij de wc gevonden. Hij houdt zijn gezicht onder de kraan. Naast hem staat een meisje. Ze kijkt hem wazig aan. 'Water...' mompelt ze. Ze ziet heel grauw.

'Ga even zitten,' zegt hij. Maar dat is al niet meer nodig. Het meisje zakt op de grond.

'Er gaat er een out!' roepen een paar meiden en jongens die de wc in komen; ze buigen zich over het meisje heen. Een paar anderen halen hulp. Jordi kijkt naar het meisje dat hem doodziek aanstaart. In zijn gedachten ziet hij niet het meisje maar Melissa op de grond liggen. Nu wordt het hem teveel.

Ik moet hier weg, denkt hij. Zo snel als hij kan, baant hij zich een weg naar de uitgang.

Buiten haalt hij een paar keer diep adem. Zodra hij zich wat beter voelt, stapt hij op zijn fiets en rijdt weg. Dit keer kan de donkere weg hem niks schelen. Abdoul en Hassan die niet naar binnen mochten; de blik in Melissa's ogen; het meisje dat op de grond lag: dat is pas eng.

11

Als Jordi 's morgens aan het ontbijt zit, staat hij op het punt om over Abdoul en Hassan te beginnen. Gelukkig bedenkt hij zich nog net. Stel je voor! Nu heeft hij het vannacht zo slim aangepakt, zijn ouders hebben niks van zijn ontsnapping gemerkt, en dan zou hij zich bijna verspreken. Het zal wel komen doordat hij amper heeft geslapen. Toen hij vannacht in bed lag, begonnen alle beelden van die avond door elkaar te lopen. Hij heeft nog een poosje zijn discman opgezet om rustig te worden, maar dat hielp ook niks. Integendeel, ineens werd hij woedend op Jim die Melissa XTC had gegeven.

Jordi neemt een slok van zijn thee. Hij moet Melissa bij Jim uit de buurt houden, dat is nu wel duidelijk. Hij heeft alleen geen idee hoe hij dat voor elkaar kan krijgen. Misschien dat hij er samen met Fleur iets op kan bedenken. Fleur is een ster in het verzinnen van briljante plannen.

Jordi kijkt naar zijn bord. Zijn croissants zijn al op. Zonde, hij heeft er niks van geproefd doordat hij er met zijn gedachten niet bij was. Hij staat op en gaat naar boven. Het is nog te vroeg om Fleur te bellen. Als hij zijn kamer in komt, kijkt hij in de spiegel. Zijn moeder heeft gelijk, hij ziet er niet erg florissant uit. Ze vroeg bezorgd of hij nog steeds hoofdpijn had. Jordi was alweer vergeten dat hij die smoes gisteravond had verzonnen. Hij is het niet gewend om tegen zijn ouders te liegen.

Melissa zal zich ook wel niet echt prettig voelen als ze thuiskomt. Die moet zo meteen allemaal verzinsels ophangen hoe het bij Fleur was. En haar moeder moet altijd elk detail weten. Misschien valt het wel mee nu mevrouw de Raaf met haar gedachten bij Melissa's oma zit.

Jordi vraagt zich af waar Melissa vannacht heeft geslapen, want de Florida sluit om vier uur. Ze zal wel opbellen om alles eerlijk aan hem op te biechten. Hij weet zeker dat ze spijt heeft dat ze haar belofte heeft verbroken.

Jordi zit aan een stuk door te gapen. Dat wordt wat nu hij vanavond voor het eerst naar zijn baantje moet. En hij moet zo meteen toch echt aan zijn Duits beginnen. Maandag hebben ze een proefwerk. En het zijn zo veel woordjes, dat hij die nooit in een dag in zijn hoofd krijgt.

Jordi slaat zijn boek open. Zuurbier wordt bedankt, ze heeft tien bladzijden opgegeven. Het ergste is dat al die woorden op elkaar lijken. Wat een klus. Hij wou dat hij de hersens van Angelique had die naast Melissa zit, maar dat wil iedereen wel. Angelique hoeft bijna nooit iets aan haar huiswerk te doen, want ze heeft een fotografisch geheugen.

De meiden hebben het toch makkelijker dan de jongens. Die trekken bij een proefwerk gewoon een kort rokje aan en gebruiken hun bovenbeen als spiekbriefje. Dat deden Debby en Fleur laatst ook bij Engels. Meneer Dolleman durfde echt niet te vragen of ze hun rok wilden optillen. En Kevin en hij hadden drie woordjes op hun hand geschreven en ze kregen een één.

Jordi kijkt op van zijn werk. Was dat de bel?

'Zo, jij bent vroeg,' hoort hij zijn moeder zeggen.

Jordi denkt dat het Kevin is die met hem naar de skatebaan wil. Hij steekt zijn hoofd uit het raam, maar er staat geen BMX tegen het hek. Als hij de deur van zijn kamer opendoet, ziet hij Melissa de trap opkomen. Nou Melissa, denkt hij, die pillen doen je echt goed. Bij haar vergeleken ziet hij er supergezond uit.

Melissa valt met de deur in huis. 'Ik wou even weten of jij mijn ouders hebt gesproken.' Als Jordi knikt, vraagt ze: 'Je hebt toch niks gezegd?' Ze ploft opgelucht op Jordi's bed neer als hij zijn hoofd schudt.

'Je zult wel moe zijn,' zegt Jordi.

Melissa hoort hem niet eens. 'Je vroeg je zeker al af waar ik was, hè?'

Jordi voelt dat hij kwaad wordt. Wie begint er nou zo? Hij had minstens verwacht dat ze sorry zou zeggen.

'Je was naar de Florida,' zegt hij.

'Hoe kom je erbij?' zegt Melissa. 'Ik had toch beloofd niet te gaan.'

74

Het besef dat ze hem in zijn gezicht voorliegt, maakt hem nog kwaaier. Hoe durft ze.

'Je bent er wel geweest.' Jordi kijkt Melissa recht in haar ogen.

'Wat nou!' Melissa vliegt op. 'Ik weet toch zelf wel waar ik geweest ben? We waren bij Katy.'

Het klinkt zo overtuigend dat Jordi even aan zichzelf begint te twijfelen. Heeft hij het wel goed gezien? Was het geen ander? Maar dan weet hij het zeker. Ze was het echt. 'Jij was in de Florida en dat weet ik omdat ik er ook was. Dat had je niet gedacht, hè? Ik heb je zien dansen.'

'Nou ja.' Melissa denkt dat hij haar in de val wil laten lopen. 'Dus jij wilt beweren dat je vannacht in de Florida bent geweest? En dat moet ik geloven? Vertel dan eens wat ik aanhad?'

Jordi haalt Melissa voor zich. Haar haren waren kletsnat en ze droeg een rood hesje. Dat moet ze van Katy hebben geleend want nu heeft ze iets anders aan.

'Nou zit je voor gek, hè?' zegt Melissa. 'Nou weet je niet wat je moet zeggen.'

'O nee?' Jordi kijkt haar kwaad aan. 'Je droeg iets vaags, een of ander rood hesje.'

Hij ziet de schrik in haar ogen. Ze schudt paniekerig aan zijn arm. 'Het is niet waar! Je was daar niet! Zeg dat je daar niet was.' Jordi krijgt bijna medelijden met haar. 'Zeg het dan…'

Maar Jordi kan niks zeggen. Hij slikt zijn tranen weg. 'Ga weg, Melissa,' zegt hij dan hees. 'Rot op.'

Melissa pakt Jordi's hand. 'Ik wil niet dat je verdrietig bent. Ik wil je geen pijn doen…' En ze begint te huilen. 'Ik schaam me zo om wat ik heb gedaan… Ik schaam me tegenover jou en mijn ouders. Ik snap dat je kwaad bent, maar vertel het alsjeblieft niet tegen mijn vader en moeder. Ze hebben het nu toch al zo zwaar, met oma. Jordi alsjeblieft, ik zal nooit meer XTC gebruiken. Dan word ik maar geen danseres. Ik beloof het je, ik doe het nooit meer.'

Jordi voelt Melissa's hand. Als hij in haar ogen kijkt, beseft hij hoeveel ze voor hem betekent. Hij houdt van haar, niet van de Melissa die liegt, maar van de Melissa die hij zo goed kent, met wie hij zo vertrouwd was. Hoe kan het, hoe kan het dat alles veranderd is? Maar dat mag niet, hij mag niet toestaan dat hun vriendschap eraan gaat. Hij moet ingrijpen, nu, nu het nog kan. En ineens weet hij hoe hij Melissa bij Jim vandaan kan houden. 'Ik moet het wel tegen je ouders vertellen,' zegt hij. 'Ik kan toch niet wachten tot die Jim je kapotgemaakt heeft.'

'Jordi, luister naar me.' Melissa smeekt het bijna. 'Als ik beloof dat ik met Jim breek, vertel je dan niks?'

Dat gaat goed, denkt Jordi. Maar hij is nog niet tevreden. 'Dat zeg je nu, Melissa. Morgen denk je er weer anders over.'

'Ik meen wat ik zeg.' Melissa steekt twee vingers omhoog.

'Oké,' zegt Jordi. 'Ik hou mijn mond, maar dan ga je nu naar hem toe.'

'Dat kan niet,' zegt Melissa. 'Ik moet eerst naar huis, anders wordt mijn moeder ongerust en dan belt ze Fleur op. En ik moet me opfrissen. De douche bij Katy was stuk. Moet je mijn haar ruiken en mijn kleren; ik stink naar de rook.'

Dat vindt Jordi prima. 'Ik kom vanmiddag toch naar jullie toe om de auto van je vader te wassen. En dan gaan we daarna naar Jim.'

'We?' vraagt Melissa.

Jordi knikt. 'Wat dacht jij nou, dat ik je alleen liet gaan? Nee Melissa, ik ga mee.'

Jordi heeft een goed gevoel als Melissa weg is. Hij heeft zijn ouders weliswaar bedrogen, maar het is tenminste niet voor niks geweest. Het zou een ramp zijn geworden als hij Melissa vannacht niet had betrapt. Hij had absoluut haar smoes geloofd en dan was het nog weken doorgegaan, misschien wel maanden.

Jordi is blij dat het allemaal voorbij is. Nu is Melissa weer gewoon hun vriendin, zonder die enge Jim. Toen hij Fleur en Kevin erover belde, vonden zij ook dat hij goed had gehandeld. Debby heeft hij niet gebeld, die hoort het wel van Fleur. Het wordt toch nooit wat tussen Debby en hem. Hij heeft Melissa maar niet gezegd wat Debby gisteren over haar zei. Ze moeten nog met elkaar op vakantie.

Fleur en Kevin schrokken wel van het verhaal over Abdoul en Hassan. Jordi vindt het altijd pijnlijk om zulke dingen met Kevin te bespreken. Het ligt zo gevoelig omdat hij zelf ook zwart is. Fleur vindt dat Jordi het maandag op school moet vertellen. Niet bij Duits natuurlijk, maar bij Nederlands. Annelies Melgers is er heel fel op als iemand een racistische opmerking plaatst. Linda maakte laatst een misser. Ze dacht dat ze lollig was. Toen het over Surinamers ging, begon ze te praten met een zogenaamd Surinaams accent. Dat viel dus helemaal verkeerd, vooral bij Annelies. Het is ongeveer de enige keer dat Jordi haar kwaad heeft gezien.

Hij is blij dat er bij hem op school veel aandacht aan racisme wordt besteed. Vorig jaar hadden ze er met alle brugklassen een project over. RACISME: DAT PIKKEN WE NIET heette het. Het ging niet zozeer om slachtoffers van racisme als om wat je eraan kunt doen. Even vraagt hij zich nog af of het wel verstandig is om te vertellen dat hij naar de Florida was, maar tegen Annelies kan hij dat wel zeggen. Die begint niet meteen te zeuren. Jordi denkt aan Fleur. Ze klonk een beetje somber door de telefoon. Hij zal wel horen wat er is, want hij ziet haar straks en Fleur houdt nooit iets achter. Ze hebben in de stad afgesproken, voor het warenhuis. Fleur gaat een cd kopen en dat is hij ook van plan. Eerst wou hij naar de muziekwinkel gaan, maar volgens Fleur geeft het warenhuis korting omdat het net is verbouwd. Dat is nooit weg natuurlijk. Hij wil een verrassing voor Melissa kopen. Als ze bij Jim zijn geweest, krijgt ze een single van hem. Hij weet dat ze die heel graag wil hebben. Hij geeft hem als troost, want hij denkt niet dat er nu nog iets van die clip terechtkomt.

Een tijdje later rijdt Jordi haastig door de stad. Hij is natuurlijk weer te laat weggegaan. Hij heeft geluk dat het stil is op de weg, zoals bijna altijd op zaterdagmorgen.

Als hij bij het warenhuis aankomt, staat Fleur er al. Jordi vindt dat ze er bescheten uitziet.

'Weet je voor wie ik die cd ga kopen?' vraagt ze als ze op de roltrap staan.

'Voor Toine,' zegt Jordi.

'Fout,' zegt Fleur, 'voor mezelf. Ik wil mezelf wat opvrolijken.'

'Waarom ben je zo somber?' vraagt Jordi. 'Het is toch niet uit tussen jullie?' Dat kan hij zich niet voorstellen. Gisteravond zag het er nog heel verliefd uit.

'Het scheelt niet veel.' Fleur loopt de derde etage op. Jordi ziet de muziekafdeling al.

'We zouden vandaag gezellig naar Amsterdam gaan,' vertelt Fleur. 'Naar het Waterlooplein. Daar hebben ze van die gave rugtasjes, maar Toine belde vanochtend af. Hij voelde zich niet lekker en hij wou ook niet dat ik langskwam.'

Jordi vindt dat niet zo gek. 'Ik zou het ook niet leuk vinden als ik met mijn zieke kop in bed lag en mijn liefje stond voor me.'

Fleur schudt haar hoofd. 'Daar gaat het niet om. Later hoorde ik van Debby wat erachter zit. Hij vindt onze verkering niet veel meer aan.' Fleur houdt zich groot, maar Jordi ziet dat het heel moeilijk voor haar is.

'Hoe weet Debby dat nou?'

'Gisteravond fietste ze een eindje met Toine mee.'

'Ik snap niet waarom je niet met hem gaat praten,' zegt Jordi.

'Dat durf ik niet,' zegt Fleur.

Dat vindt Jordi onzin. 'Toine is een toffe gast, die trapt je heus niet zomaar het huis uit als je komt.'

'Dat weet ik wel,' zegt Fleur. 'Maar ik ben bang dat hij het uitmaakt. Ik zorg er gewoon voor dat onze verkering weer flitsend wordt. Daar moeten we zijn.' Fleur neemt Jordi mee naar de cd's. 'Misschien is Toine kwaad omdat hij de bioscoop uit moest. Je hebt hem ook niks gevraagd, je sleepte hem gewoon mee.'

'Daar heb ik nog helemaal niet aan gedacht,' zegt Fleur. 'Dat was natuurlijk wel een dominante actie van mij. Het is maar goed dat ik hem niet meteen heb opgebeld om te zeggen dat het uit is.'

'Wat is dat nou voor onzin?' zegt Jordi.

'Debby vond dat ik het uit moest maken,' zegt Fleur. 'Ze vroeg of ik geen trots had.'

Debby weer, denkt Jordi. Echt weer zo'n tactloze opmerking van haar. Hij zegt er maar niks van. 'Volgens mij komt het allemaal weer goed, wedden?'

'Ik denk het wel. Nou jij dat hebt gezegd van die film ben ik veel geruster.' Met een opgelucht gezicht laat Fleur de cd aan Jordi zien. 'Zevenvijftig, te gek toch?'

'Ik koop hem voor Melissa,' zegt Jordi.

Fleur moet lachen. 'En dan nog zeggen dat je niet verliefd op haar bent.'

Jordi bloost. Begint Fleur nou ook al? Hij dacht dat alleen Debby zulke dingen zei.

'Zullen we nog even rondstruinen?' vraagt Fleur die een veel beter humeur heeft.

'Ik moet weg,' zegt Jordi. 'Ik moet de auto van Melissa's vader wassen en die man is heel stipt. Als ik te laat kom, verlies ik mijn baantje.'

'Dan blijf ik nog even hier,' zegt Fleur.

'Ik bel nog wel.' Jordi loopt naar de roltrap.

Op de fiets denkt hij over het gesprek met Fleur na. Het valt hem flink tegen van Toine dat hij Debby als boodschapper gebruikt. Wel een beetje laf, zeg.

Jordi rijdt de gracht op. Voor het stoplicht ziet hij Debby staan. Hij wil haar roepen, maar het stoplicht springt op groen en ze slaat rechtsaf. Jordi kijkt Debby na. Is dat niet de Vondelstraat die ze ingaat? Daar woont Toine.

Jordi vraagt zich af wat Debby bij Toine moet. Hij voelt zich wel een beetje raar dat hij haar bespioneert, maar hij moet weten of het waar is wat hij denkt. Een paar huizen van de hoek stapt Debby van haar fiets en belt aan. Dat moet bij Toine zijn.

Ineens herinnert Jordi zich die zoen toen hij de bioscoop binnenkwam. Zou Debby soms tussen Toine en Fleur proberen te komen? Meteen verwerpt hij die gedachte weer. Hoe komt hij daarbij? Debby en Fleur zijn vriendinnen!

Trouwens, waarom zou Debby niet bij Toine langs mogen gaan. En dat ze hem een zoen geeft, is ook niet zo raar. Hij geeft Melissa toch ook wel eens een zoen. Dat is heel gewoon als je vrienden bent.

Jordi denkt aan vanochtend toen Melissa zijn hand vasthield. Hij kreeg het ineens heel warm. En hij is wel erg bezorgd om haar. Is dat alleen maar vriendschap of zou Fleur toch gelijk hebben?

Als hij zijn fiets tegen het hek zet, hangt Melissa uit het raam.
'Hallo darling!'
Wat zegt ze nou? Darling...? Jordi voelt dat hij rood wordt. Van blijdschap zou hij zijn fiets wel in de lucht willen gooien. Nee, Jordi de Waard, denkt hij, dat is niet alleen vriendschap wat jij voor Melissa voelt.

12

'Ik begin vast aan mijn Duitse woordjes,' zegt Melissa als Jordi de auto gaat wassen.

Jordi vindt haar wel erg fanatiek, want ze komt niet één keer bij hem kijken. Het scheelt wel. Zonder het geklets van Melissa gaat het veel sneller. In minder dan een uur staat de auto voor de deur te glimmen.

'Wat dacht je hiervan, zelf verdiend.' Met het geld in zijn hand loopt Jordi Melissa's kamer binnen. Maar Melissa zit niet achter haar bureau, ze ligt op bed te slapen. Jordi wil haar wakker maken, omdat hij hun afspraak veel te belangrijk vindt. Op het moment dat hij de cd-speler aan wil zetten, komt Melissa's moeder binnen.

'Laat haar maar. Die meiden hebben natuurlijk de halve nacht liggen kletsen. Ik weet hoe het gaat. Als Fleur hier logeert, doen ze ook geen oog dicht.'

Dan moeten we morgen maar naar Jim, denkt Jordi. Dan hou ik mijn cd-tje nog even bij me. En hij stapt op zijn fiets.

Een kwartiertje later rijdt hij thuis de tuin in. Het komt hem eigenlijk goed uit dat de afspraak niet doorgaat. Zijn opa heeft hem deze week een paar munten gestuurd. Hij wil uitzoeken hoe oud die zijn en waar ze precies vandaan komen.

'Fleur heeft gebeld,' zegt zijn moeder als hij de kamer inkomt.

'Fleur?' zegt Jordi verbaasd. 'Vanmorgen heb ik haar nog gezien.' Ineens weet hij het. Ze wil vast weten hoe Melissa de cd vond.

'Ik heb net thee gezet,' zegt moeder. 'Wil je ook een kopje?'

'Lekker, maar ik bel eerst Fleur even.' Jordi neemt de telefoon mee naar boven. Hij hoort aan Fleurs stem dat er iets mis is. Snikkend vertelt ze wat er gebeurd is, maar Jordi kan er geen touw aan vastknopen.

'Zal ik naar je toe komen?' vraagt hij.

'Ja,' klinkt het zachtjes. 'Nee, dat hoeft niet.' En Fleur legt Jordi opnieuw uit waarom ze zo in de war is.

Nu begint Jordi er iets van te snappen. Toine heeft verkering aan Debby gevraagd. Langzaam dringt het tot hem door hoe gemeen dat is. Fleur boft dat Debby nee heeft gezegd. Debby gaf toe dat ze ook verliefd op Toine was, maar ze vond dat ze het niet kon maken tegenover Fleur om erop in te gaan. Dat valt Jordi voor honderd procent mee. Hij moet toegeven dat hij Debby echt verkeerd heeft beoordeeld. Maar daar wordt Fleurs verdriet niet minder om. Ze is er kapot van. Ze blijft maar huilen. Jordi weet niet zo goed wat hij moet zeggen. Hij heeft er altijd moeite mee als iemand verdrietig is aan de andere kant van de lijn. Dan sta je maar met die telefoon in je hand, terwijl je niks kan doen. Hij houdt er toch al niet van om problemen door de telefoon te bespreken. Meisjes schijnen daar veel minder moeite mee te hebben. Melissa doet het ook altijd.

'Weet je wat je doet,' zegt Jordi. 'Je stapt nu op je fiets en je rijdt naar het Kooltuintje. En daar zie je mij. Tot zo.' Voordat Fleur met allerlei bezwaren aan kan komen zetten, hangt hij gauw op. Jordi weet zeker dat ze ervan opknapt als ze even ergens anders kan zijn. Zelf heeft hij dat ook altijd. Als je een probleem hebt en je blijft maar op je kamer zitten, wordt het steeds groter. Op het laatst denk je dan dat je er nooit meer uitkomt. Maar als je iets leuks gaat doen, valt het ineens mee.

Jordi kijkt naar de tien euro die hij net heeft verdiend. Het is maar goed dat hij er nog een baantje bij heeft, anders hield hij amper iets over om te sparen. In het Kooltuintje ben je zo vijf euro kwijt.

'Ik ga,' zegt Jordi als hij beneden komt.

Zijn moeder protesteert. 'Ik schenk net thee voor je in.'

'Sorry,' zegt Jordi. 'Ik moet naar Fleur.'

'Neem dan tenminste een paar slokken. Je moet iets drinken.'

Jordi schiet in de lach. Alsof thee zo gezond is. Vroeger liep zijn moeder altijd met glazen melk achter hem aan. Dat kon hij nog begrijpen, maar thee?

'Tot zo.' En hij is al weg.

Als Jordi bij het Kooltuintje de stoep op crosst, ziet hij Fleur al in hun hoekje zitten. Hij tikt tegen de ruit, maar Fleur hoort het niet eens. Ze ziet er erg verdrietig uit en haar ogen zijn rood van het huilen.

'Ik trakteer.' Jordi geeft Fleur een zoen op haar wang. 'Rot voor je, zeg.'

Dat wordt nog wat, denkt Jordi. Nu stromen de tranen al over Fleurs wangen en hij heeft nog amper iets gezegd.

'Twee cola,' zegt Jordi als hij bij de bar staat. Hij kijkt het café rond. Hij wou dat er nu een heel leuke jongen stond op wie Fleur meteen smoorverliefd werd. Maar zo werkt het niet, dat weet hij ook wel. Ze is verliefd op Toine.

Jordi zet de cola op tafel. 'En dit flikt Toine allemaal achter jouw rug om?'

Fleur bijt op haar lip.

'Lekker is dat,' zegt Jordi. 'Als Debby dus ja had gezegd, kon jij ophoepelen.' Hij voelt dat hij kwaad wordt. Wat denkt die eikel wel? Hoe durft hij Fleur zo te behandelen? Hij zegt maar niet wat hij denkt. Fleur is nog veel te verliefd, daar doet hij haar alleen maar meer pijn mee.

'Gaat het?' Jordi pakt Fleurs hand.

Fleur veegt een traan weg. En dan schiet ze ineens in de lach. 'Stom hè, ik kan alleen maar huilen. Lekker gezellig.'

'We gaan straks iets leuks doen.' Jordi keert zijn portemonnee om. Vier euro's, twee munten van twee en wat kleinere muntstukken rollen over de tafel. 'Jij mag zeggen wat je wilt doen, ik betaal. Ik ben toch rijk. Vanavond vang ik weer.'

Jordi vindt het wel een beetje patserig van zichzelf, maar het heeft in elk geval effect. Er komt al wat van de oude Fleur terug. 'Ik moet me ook niet zo druk maken, ik heb jou nog en Debby en Kevin en Melissa.' Fleur probeert zichzelf er overheen te tillen, maar dat dat heel moeilijk is, ziet Jordi wel.

Ze neemt een slok van haar cola en dan zet ze haar glas met een klap neer. 'Ik ga het uitmaken. Heel lullig, ik heb me gewoon in hem vergist.'

'Het is een loser,' zegt Jordi.

'Een sucker,' zegt Fleur. 'Een…' En dan gaat het weer mis. 'Het is helemaal geen sucker,' zegt ze huilend. 'Het is juist een scheetje. Weet je hoe hij mij noemde? Zijn prinsesje.'

Wel ja, denkt Jordi. Heel romantisch. En achter de rug van je prinsesje om aan een ander verkering vragen. Hij kan niet geloven dat iemand zoiets doet.

'Wat doe je?' vraagt hij. 'Ga je naar hem toe om het uit te maken?' Fleur schudt haar hoofd. 'Zie je het voor je? En ik daar maar huilen. Dat mocht hij willen.'

'Waarom schrijf je het niet op,' zegt Jordi. 'Ik gooi die brief wel bij hem in de bus.'

'Is dat niet laf?' vraagt Fleur.

'Laf?' Jordi grijpt naar zijn hoofd. 'Denk nou eens na Fleur, wie is hier laf? Iemand die jou zo bedriegt, hoef je niks uit te leggen, gewoon dumpen die hap. Drie woorden, het is uit.'

'Wel hard,' begint Fleur weer.

Jordi moet zuchten. Dit is nou helemaal Fleur. 'Heb je papier bij je?' vraagt hij.

'Nee,' zegt Fleur. 'Wel een pen.'

'We doen het hierop.' Jordi keert een bierviltje om en legt het voor Fleurs neus. 'Schrijven jij.'

Fleur vindt het een goed idee. Ze hoeft niet eens lang na te denken. Binnen een paar minuten legt ze haar pen neer. 'Zo, zal ik het voorlezen?' Ze steekt meteen van wal. 'Hoi Toine...' begint ze stoer, maar ze heeft de naam nog niet uitgesproken of de tranen stromen alweer over haar wangen.

'Geef maar.' Jordi pakt het bierviltje en leest wat Fleur heeft geschreven. Hij krijgt er zelf ook een brok van in zijn keel. Fleur is altijd zo ontroerend eerlijk. 'Ik vind het heel erg,' staat er, 'maar ik maak onze verkering toch uit. Ga maar met Debby.'

Die Toine is wel een sufferd om haar zo te laten gaan. Wie ruilt zo'n toffe meid nou in voor Debby? Ze mag dan niet zo'n stiekemerd zijn als hij dacht, hij zou toch nooit op haar vallen.

'Heel duidelijk,' zegt Jordi en hij stopt het bierviltje in zijn zak. 'Wil je nog een cola?'

Maar daar heeft ze geen zin meer in. Ze wil meteen weg uit het Kooltuintje. Dat is echt Fleur. Nu ze de beslissing heeft genomen, moet het gebeuren ook.

Dit is geen leuke missie, denkt Jordi als hij de Vondelstraat in rijdt. Maar hij doet het toch voor zijn vriendin. Hij zet zijn fiets voor het huis van Toine en loopt naar de deur. Als hij met het bierviltje in zijn hand staat, vindt hij het ineens geen goed idee om het door de brievenbus te gooien. Zo meteen gooit Toines moeder het weg, dan weet hij nog van niks. Hij kan het beter zelf aan Toine geven. Jordi drukt op de bel.

Een meisje doet de deur open.

'Is Toine thuis?' vraagt Jordi.

Het meisje loopt naar de trap. 'Toine!' schreeuwt ze naar boven. 'Er is iemand voor je.'

Jordi hoort een deur opengaan en dan komt Toine naar beneden. Hij ziet er niet echt vrolijk uit. Hij heeft zeker de pest in dat Debby hem heeft afgewezen.

'Ik kom even iets afgeven. Alsjeblieft, dit is van Fleur.' Jordi heeft geen zin om Toines reactie af te wachten. 'Dan ga ik maar.' En voordat Toine heeft kunnen lezen wat er staat, keert hij om. 'Tot maandag.'

Vreemd, denkt Jordi, als hij naar huis fietst, in het Kooltuintje was hij nog heel kwaad op Toine, maar toen hij hem net zag, vond hij hem toch weer aardig. Hij kan zich bijna niet voorstellen dat Toine dit gedaan heeft. Maar ja, dat zegt niks. Hij had toch ook nooit gedacht dat Melissa XTC zou gebruiken.

Jordi vindt wel dat hij veel voor zijn reisje naar Kreta over moet hebben. Doodmoe stapt hij 's avonds om elf uur op de fiets. Hij wist niet dat in de keuken van een restaurant zo hard gewerkt werd. Maar hij wist wel meer niet. Dat de kok boven de pannen staat te roken en dat een biefstuk die op de vloer is gevallen gewoon op een bord wordt gelegd. En dat voor zo'n chic restaurant. Jordi weet niet hoe het in andere restaurants toegaat, maar in de Marionet hoeft hij nooit te eten.

Hij rijdt snel naar huis. Hij heeft afgesproken met zijn vader naar de nachtfilm te kijken. Als er tijd over was, zouden ze nog een partijtje schaken.

'Redden we nog een potje?' vraagt Jordi als hij binnenkomt.

'Natuurlijk.' Zijn vader heeft het schaakspel al klaargezet.

'Hoe was het in het restaurant?' vraagt zijn moeder.

'Ging wel.' Jordi heeft geen tijd om te praten. Hij moet een antwoord bedenken op de geniale openingszet van zijn vader. Jordi vindt het een uitdaging om met zijn vader te schaken. Zijn vader is heel goed; hij speelt ook in de schaakclub van zijn werk. Hij komt geregeld met een prijs thuis. Zo'n kei is Jordi er niet in, maar hij vindt het wel een erg leuk spel.

'Willen jullie echt op die film wachten?' vraagt Jordi's moeder als ze na een tijdje haar boek dichtslaat. 'Ik ga naar bed, mijn ogen vallen dicht.'

'Ons krijg je niet naar bed,' zegt vader. 'Deze topper moeten we zien.'

'Jullie kunnen hem toch opnemen? Weet je wel hoe laat hij is afgelopen?'

'We slapen morgen uit,' zegt vader. 'Ga jij maar lekker naar bed. Welterusten.'

'Je krijgt er spijt van, hoor,' plaagt Jordi. 'Je weet niet wat je mist.' Zijn moeder trekt een afkeurend gezicht. 'Niks voor mij, dat gegriezel. Ik snap niet wat jullie in dat enge gedoe zien.'

Ze is nog maar net de kamer uit of vader verzet zijn paard. 'Mat.' Jordi denkt dat hij een grapje maakt, maar vader heeft gelijk. Zijn koningin kan geen kant op.

'Je hebt het weer voor elkaar,' zegt Jordi. 'Maar er komt een tijd dat ik jou versla.'

Vader ruimt lachend de schaakstukken op. 'Weet je dat het al tien voor twaalf is?'

'Ja,' antwoordt Jordi. 'Daarom heb ik jou ook laten winnen. Ik wil niks missen.' En hij zet de televisie vast aan.

'Die durft.' Zijn vader slaat hem met de televisiegids op zijn hoofd. 'Zo, ik ga er eens lekker voor zitten.' En hij nestelt zich op de bank.

'Wil jij iets drinken?' vraagt Jordi.

'Geef mij maar een biertje,' zegt vader.

Jordi kijkt zijn vader aan. 'Mag ik ook een biertje?'

Vader aarzelt. Hij is er helemaal niet voor dat Jordi drinkt. Maar het is nu natuurlijk heel speciaal, zo samen. 'Vooruit,' zegt hij. 'Gezellig.' Jordi heeft nog nooit zo snel twee glazen op tafel gezet.

Halverwege de film komt Jordi's moeder de kamer in. 'Horen jullie nou niks?'

'Wat moeten we horen?' vraagt vader.

'De bel ging.' Moeder trekt meteen haar ochtendjas aan.

'De bel? Wie kan dat nou zijn?' Vader kijkt op zijn horloge. 'Het is half twee.'

'Misschien een fanatieke Jehova,' zegt Jordi. Als ze zijn vader kwaad willen krijgen, moeten ze hem op zondagmorgen uit bed bellen. Hij staat er niet voor in wat er gebeurt als ze 's nachts voor zijn vaders neus staan… Jordi luistert naar zijn vader die de deur opendoet. Hij hoort stemmen in de gang en als hij zich omdraait, ziet hij Melissa's vader in de deuropening staan.

'Goedenavond.' Meneer de Raaf geeft Jordi's moeder een hand. 'Sorry dat ik op dit uur nog langskom,' verontschuldigt hij zich. 'Maar ik zag dat er licht brandde, anders had ik natuurlijk nooit aangebeld.'

Melissa is toch niet ziek geworden van die pillen… schiet het door Jordi heen.

Melissa's vader beweegt onrustig zijn vingers. Hij kijkt Jordi aan. 'Ik ben hierheen gekomen in de hoop dat jij mij iets wijzer kan maken.'

Help, denkt Jordi. Nou gaat hij naar gisteravond vragen. Hij heeft natuurlijk de moeder van Fleur gesproken…

'Melissa was moe,' vertelt meneer de Raaf. 'Ze ging al om tien uur naar bed met hoofdpijn. Mijn vrouw maakt zich nogal snel ongerust. Een half uurtje geleden ging ze kijken of alles goed was. Ze kwam meteen terug. Melissa lag helemaal niet in haar bed.'

Wat? Jordi zit meteen rechtop. Is Melissa weg?

13

Jordi kan eerst geen woord uitbrengen. Hij denkt aan de film die ze in het begin van het schooljaar bij maatschappijleer hebben gezien. Het meisje uit die film zat ook gewoon op school, net als Melissa. Het was een heel normaal meisje. De ellende begon toen ze op een feestje kwam waar drugs werden gebruikt. Ze wou zich niet laten kennen en ze wist zeker dat het bij een keer zou blijven. Helaas was dat niet zo. Ze wou dat heerlijke gevoel nog een keer ervaren en nog een keer. Aan het eind van de film was er niks van haar over.

Nu weet Jordi zeker dat Melissa ook iets heeft ontdekt door die middelen, net als het meisje uit de film. Ze is er stiekem voor het huis uitgeglipt, iets wat ze nog nooit heeft gedaan. Zelfs niet toen Kevin vorig jaar een feestje gaf en ze van haar ouders niet mocht komen omdat er geen toezicht was. Jordi kijkt naar meneer de Raaf, maar die lijkt eerder kwaad dan ongerust. Zo te zien heeft hij geen enkel vermoeden in wat voor wereldje zijn dochter terechtgekomen is. Hij beweert doodleuk dat Melissa's ontsnappingsplan de nacht ervoor is beraamd onder invloed van Fleur.

'Het is dat mijn schoonmoeder zo ziek is, anders hadden we Melissa nooit toestemming voor die logeerpartij gegeven. Melissa heeft zich laten meeslepen.' Meneer de Raaf herhaalt het wel drie keer.

Wel ja, denkt Jordi, geef Fleur maar de schuld. Maar hij houdt zijn mond. Hij kan moeilijk zeggen dat Fleur er niks mee te maken heeft. Dan verklapt hij meteen dat hij er iets van weet.

Terwijl de verschrikkelijke beelden uit de drugsfilm nog door Jordi's hoofd spoken, herhaalt Melissa's vader zijn vraag. 'Weet jij soms waar dat stelletje brutale meiden uithangt, Jordi?'

'Zeg het nou maar,' dringt zijn vader aan. 'Melissa is er nu toch bij. Het is in haar eigen belang dat ze zo snel mogelijk thuis is. Als meneer de Raaf de halve nacht moet zoeken, wordt hij alleen maar kwaaier.'

Jordi wou dat hij de naam van de discotheek kon geven. Het zou voor Melissa het allerbeste zijn als dit stopte, maar hij heeft het hart niet om zijn vriendin te verraden. Het zweet breekt hem uit. Wat moet hij nou? Hij kan Melissa toch ook niet voor zijn eigen ogen kapot laten gaan? Waarom vertelt hij haar vader niet wat er aan de hand is. Is dat niet laf? De naam van de discotheek ligt op zijn lippen. Jordi kijkt meneer de Raaf aan en ziet de autoritaire blik in zijn ogen.

'Ik eh… ik heb geen idee waar ze is,' zegt hij. 'Misschien moet u in het Kooltuintje kijken, daar komen we altijd.'

'Als u wilt, ga ik met u mee,' biedt Jordi's vader aan.

Maar dat vindt meneer de Raaf niet nodig. 'Erg aardig van u, maar dit varkentje was ik zelf wel.' Hij is al bijna bij de voordeur als de telefoon gaat.

Jordi neemt snel op. Hij denkt dat het mevrouw de Raaf is die wil zeggen dat Melissa is thuisgekomen. Een tel later houdt hij de telefoon verstijfd tegen zijn oor. Het is niet Melissa's moeder die hij aan de lijn heeft, maar de politie. Ze vragen naar Melissa's vader.

'Het is voor u.' Jordi geeft de telefoon door. Hij luistert vol spanning naar wat er wordt besproken.

'Mijn dochter…' Meneer de Raaf wordt krijtwit. 'Weet u zeker dat u zich niet vergist?' Zijn hand trilt als hij de telefoon neerlegt. 'Ze hebben Melissa in de discotheek gefouilleerd. Ze had voor een vermogen aan XTC op zak…'

'XTC?' Jordi's moeder verschiet van kleur.

Melissa's vader knikt. 'Ze had het niet alleen op zak. Volgens de politie heeft ze het ook gebruikt.'

Voor het eerst heeft Jordi medelijden met meneer de Raaf. Hij ziet hoe zijn hele wereld instort. Zijn ouders zijn ook sprakeloos.

'Wist jij hiervan?' Ontzet kijkt Jordi's vader Jordi aan.

Jordi weet niet wat hij moet zeggen. Als hij zwijgt, denken ze dat Melissa zomaar aan de drugs is, maar zo is Melissa niet. Ze zou er nooit aan begonnen zijn. Het is allemaal door Jim gekomen, Jim is de schuld van alles. Jordi besluit hun te vertellen wat hij weet.

De hele zondag had Melissa huisarrest. Jordi kreeg haar niet eens aan de telefoon toen hij belde. En zijn eigen ouders konden ook nergens anders over praten. Zijn moeder was doodsbang, dat snapte hij wel. 'Zeg eens eerlijk, gebruik jij dat spul ook?' 'Nee, mam, daar heb ik geen behoefte aan.' Jordi moest het telkens zeggen, maar zijn ouders vertrouwden het toch niet helemaal.

Hij is blij dat het eindelijk maandagochtend is. Hij gaat expres vroeg van huis om Melissa te spreken. Hij wacht haar op bij het bruggetje. Hoe ze ook fietst, ze moet over het bruggetje.

Jordi snapt er niks van. Melissa had er allang moeten zijn, die is nooit zo laat. Ze zal toch niet ziek zijn? Dat kan nog gezellig worden. Hij mag haar natuurlijk niet eens opzoeken. Jordi vindt zo'n strafmaatregel belachelijk, maar zo zijn Melissa's ouders nu eenmaal.

Jordi wacht tot tien voor half negen en rijdt dan weg. Hij moet wel, anders komt hij zelf te laat.

Als hij het schoolplein op komt, ziet hij Melissa. Ze staat met haar rug naar hem toe. Hoe kan dat nou? Is het Melissa wel? 'Melissa!' roept Jordi. Hij schrikt als Melissa zich omdraait. Ze lijkt wel ziek.

'Gaat het?' vraagt hij als hij zijn fiets heeft weggezet. Melissa zucht. 'Alles is in de war, ik weet het allemaal niet meer.' 'Het komt wel weer goed.' Jordi knijpt zachtjes in haar hand.

Dan gaat de bel en ze lopen zwijgend naar binnen.

Het is een rommelige ochtend. Mevrouw Zuurbier is ziek, het Duitse proefwerk gaat niet door. De meesten zijn blij, maar Jordi heeft de pest in. Hij heeft het net zo goed geleerd, nu kan hij volgende week opnieuw beginnen. Hij vindt het wel fijn dat ze straks een heel lange pauze hebben, dan kan hij Melissa wat opvrolijken. Dat heeft ze wel nodig. Ze loopt als een zombie door de school. Maar eerst hebben ze nog Nederlands. Iedereen moppert omdat ze een tekst krijgen. Voordat Annelies de blaadjes heeft uitgedeeld, steekt Jordi zijn vinger op. Hij vertelt Annelies wat hij gezien heeft bij de Florida. Annelies is heel verontwaardigd en de rest van de klas ook. Ze vinden absoluut dat ze er iets tegen moeten doen. René is van plan het met zijn vader te bespreken omdat die in de gemeenteraad zit. Maar ze hebben nog veel meer ideeën. In plaats van de tekstverklaring te maken, stellen ze nu met elkaar een brief op voor de schoolkrant waarin het beleid van de Florida aan de kaak gesteld wordt. Die brief sturen ze ook naar de plaatselijke krant in de hoop dat hij daarin geplaatst wordt. René en een paar anderen bieden aan de brief in het tussenuur te kopiëren en naar alle scholen in de omgeving te verzenden. Jordi kijkt naar Melissa. Meestal is ze heel fel als het om racisme gaat, maar nu lijkt het of ze er niet bij is met haar gedachten. Terwijl ze onder supervisie van Annelies allerlei wraakacties bedenken, zit Melissa voor zich uit te staren. Pas als het uur Nederlands voorbij is en ze het schoolplein op lopen, lijkt Melissa wakker te worden.

Jordi hoeft niets te vragen, Melissa begint meteen te vertellen. 'Het was afschuwelijk. Je weet niet wat ik heb doorgemaakt. Het leek wel een nachtmerrie. Eerst in de discotheek. Ze deden alsof ik de eerste de beste dealer was. En toen op het bureau.' Melissa vertelt hoe ze werd behandeld. En dat het haar vader heel veel moeite had gekost om haar mee naar huis te krijgen. Dan pakt ze Jordi's hand. 'En gisteren was het nog erger. Ik zat de hele dag op mijn kamer, in mijn eentje, en ik voelde me toch al zo ellendig. Af en toe kwam mijn vader controleren of ik er nog was. Ik voelde me net een gevangene. Hij heeft me naar school gebracht en vanmiddag komt hij me ophalen. Als een kleuter!'

'Het trekt wel weer bij,' zegt Jordi. 'Hij is zich doodgeschrokken.' Melissa knikt. 'Ik heb helemaal geen zin in school. Ik heb nergens zin meer in. Ik vind mezelf zo slap dat ik op dat telefoontje van Jim ben ingegaan. Ik haat mezelf. Ik zie niks meer zitten, echt niet.'

'Het komt door die pillen. Dat heb ik wel eens gelezen. Eerst heb je heel veel energie, maar als ze zijn uitgewerkt, kun je depressief worden,' zegt Jordi. 'Zou Jim die pillen zaterdagavond in je zak hebben gedaan?' vraagt hij dan.

Melissa kijkt Jordi verward aan, maar dan begrijpt ze wat hij be-

doelt. 'Dat heeft Jim niet gedaan, dat weet ik zeker. Zo is hij niet.'
Ze wordt bijna boos.

Jordi houdt zich met moeite in. Hij heeft geen goed woord voor
Jim over, maar het zou onverstandig zijn om nu ruzie te maken.
Hij weet zeker dat ze dan troost gaat zoeken bij Jim.

'Je moet niet meer naar hem toe gaan, Melissa.' Jordi kijkt haar
aan. 'Ik wil je er echt bij helpen. Ik wil alles voor je doen, maar
blijf bij hem uit de buurt.'

Melissa knikt. 'Ik beloof het, maar het is wel heel moeilijk. Als ik
zo dans ben ik zo gelukkig. Ik wist niet dat je je zo kon voelen. Je
durft alles, je maakt je nergens druk om.'

Je meent het echt, denkt Jordi. Het is al veel erger met je dan ik
dacht. Je hebt hulp nodig.

Melissa ziet de ongeruste blik in Jordi's ogen. 'Sorry, ik ben walgelijk, ik denk alleen maar aan mezelf. Ik snap niet dat je nog met
me om wilt gaan. Ik ben het niet waard, ik doe iedereen verdriet.
Moet je zien wat ik mijn ouders heb aangedaan en dat terwijl oma
zo ziek is.'

'Kom op.' Jordi neemt Melissa mee naar hun groepje. Hij merkt
dat ze het moeilijk vindt haar vrienden onder ogen te komen. Ze
schaamt zich. Maar Kevin heeft het nergens meer over en Fleur is
veel te verdrietig om boos op Melissa te zijn. Alleen Debby heeft
moeite met Melissa en dat laat ze goed merken. Ze doet demonstratief een stap opzij alsof Melissa een besmettelijke ziekte heeft.
Jordi fluistert Melissa in dat ze zich er niks van moet aantrekken.
Gelukkig gaat alle aandacht naar Fleur die over Toine vertelt. Jordi kijkt het schoolplein rond. In een hoekje staat Toine, tussen
zijn vrienden. Hij ziet er niet bepaald gelukkig uit.

'Toine heeft liefdesverdriet,' zegt Debby.

Daar snapt Jordi niks van. 'Het is toch zijn eigen schuld dat Fleur
het heeft uitgemaakt.'

'Daar komt het niet door.' Debby steekt een sigaret op. 'Hij stond
gisteravond bij mij voor de deur. Hij vroeg weer of ik verkering
met hem wou maar eh… ik heb nee gezegd.'

'Goed van je,' zegt Melissa. Jordi vindt het knap van haar dat ze
het op kan brengen iets aardigs tegen Debby te zeggen.

'O, dat hoef ik van jou niet te horen,' snauwt Debby. 'Wat jij allemaal uitspookt.'

Wat is het toch een fijne vriendin, denkt Jordi. Ze ziet toch hoe moeilijk Melissa het heeft. Wil ze haar kapotmaken of zo? Als hij ziet dat Melissa op haar lip bijt, wordt hij kwaad.

'Nee, jij maakt nooit een fout, dat is ook zo. Jij bent een soort supermens.'

'Toine doet pas stomme dingen,' praat Fleur er overheen. 'En dan denkt hij ook nog dat ik met hem wil praten.'

'Vroeg hij dat?' vraagt Jordi.

Fleur knikt. 'Hij stond me vanochtend op te wachten.'

'En doe je het?'

'Ik denk er niet over,' zegt Fleur. 'Ik heb van Debby gehoord waarover hij het wil hebben. Je gelooft je oren niet. Hij wil dat ik tegen Debby zeg dat ze best verkering met hem mag nemen. Nou, daar heb ik dus echt geen zin in.'

'Die gast moet zich na laten kijken,' vindt Kevin. 'Hij zorgt zelf maar voor zijn verkering.'

'Ik heb gezegd dat hij kan ophoepelen. Daarom heeft hij nu zo'n pestbui. Omdat zijn plan niet door kan gaan. Haha, pech voor je mannetje.' Het klinkt flink, maar Jordi ziet dat Fleur haar tranen wegslikt.

'Ik hoor het al,' lacht Kevin. 'Verkering is niks voor mij. Wat jij, Jordi?'

Jordi wordt rood. Hij denkt aan Melissa die nu zo zwak is. Hij zou haar maar wat graag in zijn armen nemen. 'Het hangt ervan af met wie,' zegt hij.

'Wat krijgen we nou?' roept Kevin verbaasd. 'Ben je van je geloof afgevallen?'

Jordi heeft geluk dat het op dat moment begint te regenen, anders zou Kevin er vast nog op doorgegaan zijn.

Als ze teruglopen naar school, stoot Fleur Jordi aan. 'Is dat niet die Jim?'

'Waar?'

'Aan de overkant,' fluistert Fleur.

'Wat moet die engerd hier? Hij moet Melissa met rust laten.' Jordi's stem slaat over van kwaadheid. Maar hij moet ook handelen, want hij wil niet dat Melissa Jim ziet.

'Ik ga naar binnen,' zegt hij gauw. 'Ik heb geen zin om kletsnat te worden.'

Gelukkig begrijpt Fleur wat hij bedoelt. 'Ik ook niet. Ga je mee, Melissa?'

Jordi denkt dat het is gelukt, maar hij juicht te vroeg. Vlak bij de deur botst iemand tegen Melissa op. Haar blikje chocomel valt uit haar hand. Als ze zich omdraait om het op te rapen, ziet ze Jim staan.

Jordi kan zijn ogen niet geloven. Jim lijkt wel een magneet waar Melissa naartoe wordt getrokken. 'Ik ben zo terug.' En ze rent al weg.

Fleur en Jordi blijven wachten tot Melissa is uitgepraat, maar ineens zien ze dat Melissa bij Jim achter op de scooter stapt.

Jordi en Fleur kijken elkaar geschrokken aan.

'Hij heeft haar in zijn macht,' zegt Kevin.

'Ik ga er achteraan.' En dat zou Jordi ook zeker gedaan hebben als Debby haar mond had gehouden.

'Maak je niet zo druk om dat sletje,' zegt ze.

Jordi wordt woedend. 'Melissa is geen sletje. Jij moet je grote bek houden.'

Debby is niet onder de indruk. 'Nou nou, je bent wel fel, zeg. Dat krijg je ervan als je verliefd wordt op een junk.'

Dat had ze niet moeten zeggen.

Jordi haalt uit en geeft haar een klap in haar gezicht. Hij schrikt er zelf van. Iedereen kijkt hem stomverbaasd aan. Jordi is nooit agressief. Gelukkig begrijpt Fleur waar het door komt. 'We moeten iets doen,' zegt ze.

'Waaraan?' Kevin is nooit zo snel van begrip.

'Aan Jim,' zeggen Fleur en Jordi tegelijk.

14

De stemming is er helemaal uit. Kevin probeert zijn vrienden mee de stad in te krijgen, maar niemand heeft zin. In plaats van naar cd's te luisteren en sportwinkels te bekijken hangen ze met chagrijnige gezichten tegen de deur van de fietsenkelder.

Om hen wat op te vrolijken geeft Kevin een voorstelling op zijn BMX maar niemand is geïnteresseerd.

'Kunnen jullie nog een beetje gezellig zijn?' vraagt Kevin als hij zijn fiets maar weer heeft opgeborgen.

'Ik wil niks zeggen,' begint Debby weer. 'Maar het komt wel door Melissa dat de sfeer onder het nulpunt is. Als die niet met dat figuur was meegegaan, hadden Jordi en ik geen ruzie.'

Jordi schudt zijn hoofd. 'Je verdraait de boel, het gaat erom dat jij Melissa keihard laat vallen.'

Debby springt er meteen bovenop. 'Alsof Melissa ons niet laat vallen. Je hebt het toch gezien. Eén glimp van die Jim is genoeg om ons te laten barsten. En daar moet ik medelijden mee hebben?'

Kevin vindt dat Debby gelijk heeft. 'Als Melissa zo doet, hoeft het van mij niet meer.'

'Precies,' zegt Debby. 'Dat bedoel ik nou ook.'

Jordi moet ervan zuchten. Hij heeft het gevoel dat ze twee kampen zijn geworden.

'Laten we het over iets leuks hebben,' zegt Fleur. 'Over onze gezamenlijke vakantie bijvoorbeeld.'

Jordi hoort de cynische toon in Fleurs stem. Hij weet ook wel dat voor Fleur de lol eraf is nu het uit is met Toine.

'Het is wel handig dat we met zijn vieren gaan,' zegt Debby. 'Dan kunnen we bij elkaar in de trein zitten, anders zat er altijd iemand alleen.'

'Hoe bedoel je: met zijn vieren?' vraagt Jordi.

'Dacht je soms dat ik nog met Melissa op vakantie ga?' vraagt Debby. 'Gezellig, zeg. Zo meteen heeft ze drugs op zak, ik heb

geen zin om op het politiebureau te belanden.'
'Belachelijk, Melissa is geen dealer.' Jordi wil woedend weglopen, maar Fleur pakt hem bij zijn arm.
'Hou nou eens op, jullie. Ik ben dat geruzie spuugzat.'
Jordi gaat toch nog even door. 'Ik snap niet waar Debby het over heeft. Tegen de tijd dat we op reis gaan, is Melissa allang weer normaal.'
'O ja?' Debby begint te lachen. 'Lekker naïef, zeg. Waar is ze dan nu?'
Jordi weet niet zo gauw wat hij hierop moet antwoorden. Hij vraagt zich ook voortdurend af waar Melissa zit. Als ze nog op tijd bij Engels wil zijn, mag ze wel opschieten. Ze zal toch niet spijbelen? Haar vader heeft in het weekend meneer van Tongeren gebeld. Hij heeft het niet over de drugs gehad, maar alleen gezegd dat Melissa door de politie opgepakt was en dat hij bang was dat Melissa op school verkeerde vrienden had. Reken maar dat er nu extra op haar wordt gelet.
Jordi kijkt naar Debby die een sigaret opsteekt. Hij rookt al zes weken niet meer, maar ineens krijgt hij er vreselijk veel zin in.
'Mag ik ook een peuk?' vraagt hij.
Debby gooit een sigaret naar hem op. 'Omdat je mij zo'n lief aaitje over mijn wang hebt gegeven.'
'Sorry.' Als Jordi één trekje heeft genomen, heeft hij al spijt. Wat is dat nou voor gestresst gedoe om te gaan roken? Melissa komt heus geen minuut eerder op school, al paft hij het hele pakje leeg.
Fleur pakt de sigaret uit zijn hand en neemt een trekje. 'We zijn allemaal opgefokt, iedereen is schuldig aan dit chagrijnige gedoe.'
'Behalve Melissa, die heeft geen schuld. Die is zo zielig...' Debby steekt haar tong naar haar vriendin uit en loopt weg. 'Ik ga even naar Toine. Hij kijkt zo mistroostig. Zo meteen denkt hij nog dat ik kwaad op hem ben. Dat is natuurlijk onzin, ik wil alleen geen verkering met hem.'
Jordi kijkt Debby na. Hoe komt het toch dat hij zo'n hekel aan haar heeft? Ze irriteerde hem vanaf het moment dat ze bij hen in de klas kwam. Dit snapt hij dus ook niet. Ze wil geen verkering met Toine, maar ze hangt wel om zijn nek. En hoe. Ze kijkt erbij

of ze smoorverliefd is. Zo geeft ze die jongen toch alleen maar hoop. Nou ja, met Toine hoeft hij geen medelijden te hebben. Als hij bedenkt wat die Fleur geflikt heeft, wordt hij weer kwaad. Fleur doet wel zo stoer, maar ze voelt zich vreselijk, dat merkt hij wel. Ze heeft nog geen hap gegeten. Ze had niet eens trek in een Mars. Nou, dat zegt wel iets.

Fleur verbergt zich achter haar Engelse schrift. Ze doet alsof ze leert, maar Jordi weet wel beter. Ze kan het niet verdragen dat Debby bij Toine staat. Toen ze net langs Toine kwamen vond hij het ook zo zielig, ze trilde helemaal. Jordi zag dat Toine het ook niet makkelijk vond. Die zit natuurlijk met een schuldgevoel.

'Daar ben ik alweer.' Debby slaat een arm om Fleur heen. 'Toine heeft me uitgenodigd voor vanavond. Ze hebben repetitie met de schoolband.'

'Fijn,' zegt Fleur zo onverschillig mogelijk.

'Je bent toch niet boos?' vraagt Debby.

'Natuurlijk niet,' zegt Fleur. 'Ik wil die naam alleen even niet horen.'

'Logisch,' zegt Debby. 'Maar het stelt niks voor hoor, als je dat maar weet. Ik ben zo weer weg en...'

'Stil nou even,' zegt Fleur. 'Ik ben aan het leren, dat zie je toch.'

Drie minuten voor de schoolbel gaat, komt Melissa het schoolplein op rennen. Zo te zien heeft het haar wel goed gedaan. Van de depressie is niks meer over. Ze valt Jordi om zijn hals en geeft hem een zoen.

'Sorry dat ik zo ongezellig was, maar ik moest even met Jim praten. Sinds zaterdagavond heb ik hem niet meer gezien. Hij was zich doodgeschrokken toen ze me meenamen. Jim weet wie die pillen in mijn zak heeft gedaan. Die jongen schijnt dat wel vaker te proberen. Maar zolang Jim geen bewijs heeft, kan hij hem niet aangeven. Ik heb gezegd dat hij zich er niet mee moet bemoeien. Maar Jim is razend, die moet en zal het uitzoeken.'

Melissa ratelt aan één stuk door. En ze staat geen seconde stil. 'Ik voel me zo goed,' zegt ze steeds.

Jordi is blij dat ze weer vrolijk is, maar hij vindt het wel vreemd.

Hoe kan haar humeur nou zo zijn omgeslagen. Ze hangt steeds om zijn nek en normaal gesproken is Melissa nooit zo klef. Onder de Engelse les is ze ook heel druk. Ze draait voortdurend op haar stoel heen en weer en pakt telkens haar rugtas, kijkt erin en zet hem dan weer neer. Ze schijnt ook een abonnement op de prullenbak te hebben. Gelukkig heeft iedereen meer aandacht voor Kevin die weer eens voor een verrassing zorgt. Midden onder de les begint een buzzer in zijn rugtas te piepen. Meneer van Haringen zou hem meteen in beslag hebben genomen, maar daar is Albert Dolleman veel te aardig voor.

'Zo, jou hebben ze vaak nodig,' zegt hij als de buzzer voor de derde keer in tien minuten afgaat.

'Ik heb hem helemaal fout geprogrammeerd,' zegt Kevin. 'Hij had straks pas moeten afgaan, in de aula, bij al die mooie meiden van 3b. Ja, je moet er steeds meer voor doen om een beetje populair over te komen.'

Iedereen lacht, maar niet zo uitbundig als Melissa. Het lijkt wel of ze niet meer kan ophouden. Alle blikken gaan haar kant op. Jordi en Fleur kijken elkaar bezorgd aan. Jordi heeft wel een vermoeden waarom ze zo opgefokt is, maar daar wil hij liever niet aan denken.

Zodra de bel gaat, rent Melissa naar Fleur toe en troggelt haar mee. In een hoekje op de gang blijven ze staan. Jordi gaat maar niet naar hen toe. Het lijkt erop dat ze iets te bespreken hebben dat hem niets aangaat. Het gaat vast over Toine. Jordi gaat naar de aula.

Hij wil net een zakje drop uit de snoepautomaat trekken als Fleur achter hem staat.

'Ik moet je even spreken,' fluistert ze in zijn oor.

Voordat Jordi kan vragen waar het over gaat, is ze de aula al uit. Jordi stopt zijn geld terug in zijn zak en gaat Fleur achterna. Op de gang ziet hij Fleur in de nis bij de trap staan. Ze wenkt dat hij moet komen.

'Luister,' zegt ze, 'het is veel erger dan wij denken. Het kan zo echt niet doorgaan.'

'Ze heeft weer gebruikt,' zegt Jordi. 'Dat had ik ook al door.'

'Er is nog iets dat ik je moet vertellen,' zegt Fleur.

'En dat is?'

'Ik had eigenlijk gezworen mijn mond te houden, maar eh… ik denk toch dat je het moet weten.'

'Je kunt me vertrouwen,' zegt Jordi.

Fleur knikt. 'Daarom vertel ik het ook. Maar verder houden we iedereen hier buiten. Ik eh… ik heb Melissa geld geleend.'

'Wanneer?' vraagt Jordi.

'Ongeveer een maand geleden en vorige week nog een keer. Ze zei dat ze een extra balletles nodig had en dat haar ouders het niet wilden betalen. Ze was van plan in de vakantie een baantje te nemen om haar schuld af te lossen. Ik heb het geld van mijn rekening gehaald. Maar net kwam ze weer naar me toe.'

'Dat zag ik,' zegt Jordi.

'Ze vroeg weer geld,' zegt Fleur.

'En wat heb je gezegd?'

'Dat ze het niet krijgt,' antwoordt Fleur. 'Wat denk jij nou, ik ben niet gek.'

'Dus daar koopt ze die pillen van.' Nu wordt het Jordi duidelijk. Het leek hem ook al zo vreemd dat Jim dat voor haar betaalde. Echt Fleur om erin te trappen. Als het Melissa echt om een paar extra balletlessen ging, had ze het geld wel aan hem gevraagd. Ze weet dat hij spaart voor Kreta. Ze had het zo kunnen krijgen. Maar die smoes kon ze bij hem niet ophangen. Een extra balletles, hoe verzint ze het. Ze is al twee keer niet meer naar jazzballet geweest. Dat komt ook door Jim. Volgens hem moet ze zo snel mogelijk vergeten wat Inge Koopman haar heeft geleerd.

'Erg, hè?' zegt Fleur. 'Ik voel me zo schuldig. Als ik dat geld niet had gegeven, was het nooit gebeurd.'

Dat vindt Jordi onzin. 'Het is Melissa's eigen verantwoordelijkheid.'

Fleur staart somber voor zich uit. 'Konden we haar maar helpen, maar ik weet niet hoe.'

Deze verlamde houding vindt Jordi niks voor Fleur. Dat komt vast doordat haar verkering uit is. Hij zal zelf iets moeten verzinnen.

'Het komt allemaal door die Jim,' zegt Jordi.

Fleur knikt. 'We kunnen niks tegen Jim beginnen.'

'Maar we kunnen wel tegen hem zeggen dat hij bij Melissa uit de buurt moet blijven,' zegt Jordi.

'Durf jij dat?' Fleur kijkt Jordi aan.

'Het moet wel. Anders gaat het echt mis.'

Jordi ziet dat Fleur erover nadenkt.

'We doen het.' Fleurs stem klinkt beslist. 'Laten we maar meteen vanavond naar hem toe gaan. Niemand mag het weten, hoor. Ik zeg tegen mijn ouders dat ik bij jou ben.'

'Perfecte smoes,' lacht Jordi. 'En ik ben bij jou. Hoe laat spreken we af?' Hij kijkt naar Fleur. Ze is er ineens niet meer bij met haar gedachten. Als hij zich omdraait, ziet hij dat Toine voorbijkomt. Wat is het toch moeilijk als je samen op dezelfde school zit. 'Wil je wel mee vanavond?' vraagt Jordi. 'Je hebt zoveel aan je hoofd.'

Fleur haalt haar schouders op. 'Het is wel goed, anders zit ik thuis toch maar te piekeren.'

'We moeten naar economie,' zegt Jordi als de bel gaat. 'Zeven uur bij school, goed?'

Niet iedereen hoeft te merken dat ze met elkaar hebben gepraat, daarom gaat Jordi eerst het lokaal in. Hij hoort al van verre waar Melissa zit. Haar stem schettert overal bovenuit. Haar ogen spreken ook boekdelen. Hij hoopt maar dat ze zich onder economie een beetje gedeisd houdt. Meneer van Kampen heeft altijd alles door, stel je voor dat hij iets vermoedt en Melissa naar meneer Peters stuurt.

Ze zitten nog geen vijf minuten in de les als Melissa de klas uit loopt. Jordi vertrouwt het niet helemaal. Waarschijnlijk is ze gewoon naar de wc, maar het kan ook zijn dat ze last heeft van die pillen. Zo meteen ligt ze doodziek in de gang. Als dat gebeurt, wordt ze absoluut van school gestuurd. Hij besluit haar niet meteen achterna te gaan. Pas als ze na een paar minuten nog niet terug is, staat hij op.

De deuren van de meisjestoiletten staan open dus daar is Melissa niet. Ze zal er toch niet vandoor zijn? Jordi rent naar de garderobe om te kijken of haar jas er nog hangt. Als hij er een paar meter vanaf is, haalt hij opgelucht adem. Hij heeft zich voor niks zorgen gemaakt. Melissa voelt met haar hand in haar jack. Ze had zeker haar zakdoek nodig. Jordi besluit niks te zeggen en terug naar de klas te gaan. Na een paar stappen blijft hij staan. Dat blauwe jack is helemaal niet van Melissa! Jordi draait zich om. Opnieuw gaan zijn ogen richting kapstok en dan gaat er een schok door hem heen. Melissa graait in Renés jaszak...

'Melissa...' zegt Jordi.

Melissa kijkt verschrikt op. Ze wordt vuurrood als ze Jordi ziet. 'Ik eh...'

Jordi wou dat ze een goed excuus had, maar hij weet dat het niet zo is. Je deed het echt, denkt hij. Nu je geen geld meer van Fleur krijgt, probeer je het te pikken.

Melissa komt naar Jordi toe. 'Ik ben stom, ik snap mezelf ook niet meer. Jordi, alsjeblieft, verraad me niet.'

Jordi ziet de wanhopige blik in haar ogen. Hij weet niet wat hij moet zeggen. Hij is niet eens kwaad. Totaal overdonderd kijkt hij Melissa aan.

'Hebben jullie geen les?' klinkt de strenge stem van meneer van Tongeren achter hen.

'Eh ja, we waren net van plan naar de klas te gaan.' Jordi trekt Melissa mee de gang in. Hij duwt haar bijna het lokaal binnen en dan loopt hij naar zijn plaats. De rest van het uur hoort hij niks meer. Hij ziet telkens voor zich hoe Melissa bij de kapstok stond. Hij is zo in gedachten verzonken dat hij opschrikt als er een propje op zijn tafel valt. Als Van Kampen iets op het bord schrijft, vouwt hij het open. Er staan vier letters op. HELP... Jordi kijkt naar Melissa. Hij móét met haar praten. Gelukkig duurt het niet lang voordat de bel gaat. Jordi stapt meteen op Melissa af, maar hij kan niks zeggen, want Kevin kletst aan één stuk door over zijn fiets. Wacht maar, denkt Jordi, het komt zo wel.

Maar als ze de klapdeuren doorkomen, staat de auto van meneer de Raaf al voor de school.

15

'Daar valt dus echt niet mee te praten.' Fleur trekt de deur van Jims appartement dicht.

Jordi loopt achter haar aan de trap af. Hij moet moeite doen om zich te beheersen. Als hij aan zijn gevoel zou toegeven, zou hij de deur weer opensmijten en het hele huis in elkaar trappen. Hoe durft die gast, ze zijn gewoon weggestuurd. 'Gaan jullie nu maar buiten spelen,' zei Jim. Alsof ze kleuters zijn. En het ergste is nog dat ze niks met hun bezoek hebben bereikt. Ze hadden net zo goed niet kunnen gaan. Beter zelfs, dan hadden ze hun ouders tenminste niet hoeven voorliegen.

Als ze buiten staan, zakt Jordi op de bagagedrager van zijn fiets neer. Hij weet echt niet meer hoe het verder moet. Die Jim is dus niet van plan Melissa los te laten, dat was duidelijk. Hij zag er geen enkele reden toe. Hij vond juist dat Melissa eindelijk op de goede weg was. Jim snapte best dat haar vrienden en ouders het er moeilijk mee hadden, maar hij vond dat Melissa nu pas loskwam. Hij zei dat ze eens moesten zien hoe ze danste, veel vrijer. Hij gaf toe dat ze daar een pilletje voor nodig had, maar hij zag echt niet in wat daar nou zo verkeerd aan was.

Jordi legde uit dat Melissa vandaag ook had geslikt, terwijl ze niet hoefde te dansen.

'Ja,' zei Fleur. 'Ze voelt zich misschien wel goed met die pillen, maar zodra ze zijn uitgewerkt is ze depressief.'

'Dat is alleen in het begin,' zei Jim om hen gerust te stellen. 'Het lichaam moet nog een beetje wennen.'

'Wennen?' Jordi vloog op. 'Weet je wel wat je zegt? Het gaat hier om drugs, hoor.'

Jim had meteen zijn woordje klaar. 'Drink jij nooit eens een biertje? Dat mag wel, mensen roken ook. Het is zo'n hypocriet gedoe. Je moet niet naar die spookverhalen luisteren. Je hoeft ook niet bang te zijn dat je vriendin een junk wordt. Zie ik eruit als een junk? Je bent pas een junk als je leeft en denkt als een junk, dat

is heel iets anders. Een pilletje op zijn tijd kan geen kwaad.'
Voor Melissa wel, denkt Jordi. Die zogenaamd onschuldige pille-
tjes verwoesten wel mooi haar hele leven.
Jim deed alles af met onwetendheid. 'Jullie moeten het zelf eens
proberen, dan weet je waar je over praat.'
Het viel Jordi mee dat hij hun geen pil aanbood. Nou, die had hij
dan wel naar Jims hoofd gesmeten.
'Blijf je hier overnachten?' vraagt Fleur. 'O, ik snap het al,' zegt
ze als Jordi zijn schouders ophaalt. 'Je wilt nog een poging wa-
gen. Ik geef je geen enkele hoop, die Jim is heel relaxed over XTC.'
'Hij was inderdaad relaxed,' zegt Jordi, 'tot de telefoon ging.
Daarna vond ik hem knap opgefokt. Toen hij op had gelegd,
moesten we meteen opdonderen.'
'Misschien komt zijn liefje langs,' zegt Fleur die geen zin heeft nog
langer over Jim na te denken. Maar Jordi vertrouwt het niet. 'Ik
had niet het idee dat hij het tegen zijn liefje had. Wat zei hij ook
alweer? O ja. "Op het moment heb ik niks." '
'Ja,' vult Fleur hem aan. 'En schijnbaar bleef die ander zeuren
want ineens mocht hij toch langskomen.'
Eigenlijk had Jordi het telefoongesprek niet echt gevolgd. Die Jim
kon hem niks schelen, het ging hem alleen om Melissa. Maar ineens vindt hij het wel vreemd. Vooral omdat ze meteen weg moesten.
Voor Fleur is het duidelijk. 'We mochten die persoon dus niet
zien.'
'Of we mochten niet weten wat hij kwam doen.'
Fleur kijkt Jordi geschrokken aan. 'Jij denkt...'
Jordi knikt. 'Ik weet bijna zeker dat een of andere gast pillen
komt halen.'
Langzaam dringt het tot hen door wat het betekent als Jim inderdaad drugs verkoopt. Het idee dat Melissa met een dealer te
maken heeft, maakt het allemaal nog erger. Jordi herinnert Fleur
eraan dat Melissa die zaterdagavond werd aangehouden.
'Die pillen moet Jim in haar zak gestopt hebben,' zegt Fleur.
Het idee maakt Jordi paniekerig. 'Nee, Jim is geen dealer,' zegt hij
gauw. 'Hij is een danser.'

'Zo veel danst hij niet. Hoor jij Melissa nog wel eens over die nieuwe dans? Kom op, we gaan bij mij thuis alles op een rijtje zetten.' Fleur rijdt haar fiets al van de stoep, maar Jordi wil wachten. 'Ik wil zien met wie Jim een afspraak heeft.'

Fleur sputtert tegen. 'Wat schieten we daar nou mee op?'

'Een heleboel,' zegt Jordi. 'We moeten zoveel mogelijk over die Jim te weten komen.'

'Oké.' Fleur zet haar fiets weer tegen de boom. 'Maar dan moeten we ons wel verbergen. Ik wil niet dat hij ons hier ziet staan.' Jordi wijst naar een busje dat een eindje verderop staat. 'Daar kan hij ons nooit zien.' Voor de zekerheid verplaatsen ze hun fiets ook.

Jordi krijgt een onbehaaglijk gevoel als ze achter de auto naar Jims deur gluren. De gedachte dat Jim een crimineel is, vindt hij niet prettig. Hopelijk hoeven ze niet te lang te wachten, want hij moet om negen uur thuis zijn.

Als er na een kwartier nog niemand langsgekomen is, vraagt hij zich af of ze niet een beetje onzinnig bezig zijn. Waarschijnlijk is Jim gewoon een danser die wel eens iets gebruikt. Hij kan zich beter met Melissa bezighouden. Ze klonk niet erg vrolijk toen hij haar vanmiddag belde. Jordi denkt over het telefoontje na.

Plotseling knijpt Fleur in zijn hand. Ze wijst naar een jongen die de hoek om komt. Hij ziet eruit als een gabber. Jordi verwacht niet dat het een vriend van Jim is, die gaat vast niet met gabbers om. Maar Fleur is er nog niet zo zeker van.

'Zie je wel,' fluistert Jordi als de jongen aan de overkant blijft lopen. 'Hij heeft niks met Jim te maken.' Hij heeft de woorden nog niet uitgesproken of de jongen steekt de straat over en stapt regelrecht op nummer twaalf af.

Jim moet voor het raam gestaan hebben, want de deur gaat al open voor de jongen heeft kunnen aanbellen.

'We wachten tien minuten,' fluistert Fleur als de jongen binnen is. 'Als hij dan nog niet beneden komt, is het gewoon een vriend die even gezellig langsgaat.'

'Tien minuten maar?' vraagt Jordi. 'Ik zou er altijd het dubbele van maken.'

Fleur zucht vermoeid. Dat ergert Jordi. Als het nog aan was met Toine, zou ze net zolang wachten tot de jongen weer naar buiten kwam en dan zou ze hem nog achtervolgen ook. Gelukkig duurt het niet lang. Binnen een paar minuten staat de jongen alweer op straat. Hij steekt de straat over en loopt weg.

'Dit is verdacht,' zegt Jordi.

Fleur knikt. 'Heel verdacht. Het zit er dik in dat hij alleen iets heeft gekocht.' Ze denken allebei hetzelfde. Waar is Melissa in terechtgekomen?

Ineens voelt Fleur zich niet meer veilig. 'Nou wil ik weg.' En ze stapt op haar fiets.

'Wat nu?' vraagt Jordi als ze de straat uit zijn. 'Zonder bewijs maken we hem niks.'

'We moeten onze strategie bepalen,' zegt Fleur. 'Maar niet nu want ik moet aan mijn huiswerk. Als het tenminste lukt. Ik heb deze week al twee vette onvoldoendes gehaald. Ik kan me gewoon niet op mijn leren concentreren. Ik denk steeds aan Toine. Erg, hè? Ik kan het niet uitstaan van mezelf, maar ik krijg hem niet uit mijn hoofd.'

'Zo gek is dat niet,' zegt Jordi. 'Je hebt het wel uitgemaakt maar daarmee is je verliefdheid nog niet over.'

Fleur kan nog net een auto ontwijken die haar afsnijdt. 'Voorlopig hoef ik geen verkering. Nu is dat niet zo moeilijk, want ik vind toch niemand leuk. Misschien blijf ik wel altijd verliefd op Toine. Weet je dat ik daar soms bang voor ben?'

Jordi weet zeker dat het weer overgaat. 'Bedenk maar een goed plan om die Jim uit te schakelen, dat helpt.'

'Wie weet krijg ik vannacht een ingeving.' En Fleur slaat linksaf.

Jordi weet nu al dat Fleur morgen niks heeft verzonnen. Ze zit met haar hoofd bij Toine. Hij zucht als hij aan zijn huiswerk denkt. Vanmiddag lukte het ook al niet door dat telefoongesprek met Melissa. Hij had haar nog maar net aan de lijn toen hij merkte dat er iemand meeluisterde. Dat doen Melissa's ouders wel vaker. Gelukkig hadden ze nog niks gezegd wat haar ouders niet mochten horen. Maar het was wel knap irritant, want Melissa was echt depressief. Het is belangrijk dat hij er snel achterkomt hoe hij haar moet helpen. Misschien moet hij er met iemand over praten. Hij denkt aan hun lerares Nederlands. Niet alleen omdat Annelies Melgers hun klassendocent is, maar ook omdat hij weet dat hij haar kan vertrouwen. Of zou ze verplicht zijn zoiets te melden? Dat risico moet hij niet nemen natuurlijk. En als hij nou eens niet Melissa's naam noemt en doet of het om een vriend gaat die hem in vertrouwen heeft genomen?

Jordi kijkt op zijn horloge. Hij heeft nog een kwartier. Dat komt goed uit, want het stoplicht springt op rood. Jordi moet vaak wachten bij deze kruising. Het lijkt altijd een eeuwigheid te duren voordat het weer groen is. Als hij zijn hoofd naar rechts draait, kijkt hij verbaasd op. Voor de sportwinkel staan Debby en Toine. Wat moeten die twee daar? Maar dan herinnert hij zich dat Debby naar de repetitie van de schoolband zou gaan.

Zo te zien heeft Toine het voor elkaar. Debby drukt hem tegen zich aan. Toine zal wel blij zijn. Jordi gunt het hem niet. Hij heeft zin om iets te roepen. Zo van: 'Gefeliciteerd met je nieuwe aanschaf, Toine. Heb je garantie?'

Jordi kijkt naar Toine, maar aan diens gezicht te zien is hij niet blij met de toenadering van Debby. Hij maakt zich zelfs uit haar omhelzing los. Nou dat weer, denkt Jordi. Hij dacht dat Toine zo verliefd op Debby was. Toine is natuurlijk bang dat Debby een spelletje met hem speelt. Dan moet hij eens beter naar haar kijken. Dit is echt geen spelletje, Debby is smoorverliefd. Het druipt van haar gezicht af.

Ach, wat kan mij die twee ook schelen, denkt Jordi en hij rijdt door. Toch laat het hem niet los. Waarom zou Toine zo terughoudend zijn? Is hij eigenlijk wel verliefd op Debby? Nu wordt Jordi kwaad op zichzelf. Waarom moet hij altijd overal iets achter zoeken als het om Debby gaat. Alsof hij nog niet genoeg aan zijn hoofd heeft. Hij moet rechercheur worden. Hij kan zich wel met iedereen gaan bemoeien. Met Melissa en Jim en nu ook nog met Debby en Toine. Hij gaat de bocht om en neemt zich voor er niet meer aan te denken.

Zodra Jordi de kamerdeur opendoet, merkt hij dat er iets is. De televisie is uit. Zijn vader ijsbeert door de kamer en zijn moeder zit verkrampt op de bank.

'Waar kom jij vandaan?' begint zijn vader meteen. 'Je hoeft geen smoesjes te verzinnen, want we weten dat je niet bij Fleur was.' Shit. Ze zijn erachter gekomen. Toch lijkt het Jordi beter om zijn ouders niet de waarheid te zeggen.

'Sorry,' zegt hij. 'Ik heb gelogen, maar ik kan jullie niet vertellen waar ik was.'

'Nee, dat zal wel.' De stem van zijn vader klinkt spottend. 'Dat kon Melissa ook niet.'

'Melissa?' Jordi begrijpt de vergelijking niet. 'Dat is wel even iets anders, hoor.'

'Waarom doen jullie dit?' Jordi ziet dat zijn moeder moeite doet om kalm te blijven. 'Ik dacht dat jullie verstandige jonge mensen waren. Waarom helpen jullie jezelf de vernieling in?'

Jordi kijkt zijn ouders aan. 'Waar hebben jullie het over?'

Nu kan zijn vader zich niet langer beheersen. 'Je hoeft ons niet voor de gek te houden!' schreeuwt hij. 'Melissa is niet de enige, jullie hele groep is aan de drugs. Stom. Stom. Stom!' Vader slaat met zijn vuist op tafel. 'En dat is mijn zoon.'

Nu dringt het pas tot Jordi door wat zijn ouders denken. 'Jullie vergissen je,' zegt hij. 'Behalve Melissa gebruikt er niemand van ons groepje drugs.'

'O nee?' zegt vader. 'Waarom mogen wij dan niet weten waar jullie zaten?'

Jordi voelt dat hij er niet onderuit kan. Hij moet het wel vertellen, anders geloven ze hem niet. 'Als je het per se wilt weten, we waren bij die Jim. We hebben hem gevraagd om Melissa met rust te laten.' Als zijn ouders niet reageren, kijkt Jordi hen aan. 'Jullie geloven me toch wel?'

'Nee, jongen.' Jordi's moeder schudt verdrietig haar hoofd. 'We kunnen je niet geloven.'

'Ik ben niet van plan om mijn zoon onder mijn ogen kapot te zien gaan,' zegt zijn vader.

'Het is toch niet te geloven, hè?' zegt Jordi. 'Jullie denken echt dat ik lieg.'

Vader knikt. 'Bij Melissa ging het net zo, die bedacht ook allemaal uitvluchten. Het gaat er niet om wie hier liegt. Jullie moeten van die rommel af, allemaal. Morgen heb ik een gesprek met Van Tongeren. Jullie moeten uit elkaar, dat is duidelijk.'

Wat zegt zijn vader nou? 'Je móét me geloven,' zegt Jordi. 'Ik heb nog nooit iets gebruikt.'

'Dat zei Melissa ook. Bespaar me je leugens, jongen. Het is al erg genoeg,' zegt vader.

Nu wordt Jordi kwaad. 'Jullie zijn gek geworden, weet je dat, helemaal gek.' En hij rent naar zijn kamer.

Even later overvalt hem een machteloos gevoel. Hoe kan hij bewijzen dat het niet waar is wat zijn ouders denken? In een flits ziet hij voor zich wat er boven zijn hoofd hangt. Hun vriendengroep uit elkaar, geen gezamenlijke Zomertoer. Niet naar Kreta. En dat alleen maar door Melissa...

Jordi zakt op zijn bed neer. Waren ze maar nooit naar die Jim gegaan. 'Gaan jullie maar buiten spelen,' hij hoort het Jim zeggen. Inderdaad, dat had hij beter kunnen doen: buiten spelen.

16

'Zie je wel,' begint Debby als ze 's morgens van Jordi en Fleur hoort wat er gebeurd is. 'Wat heb ik gezegd? Als het aan Kevin en mij had gelegen, was Melissa allang uit ons groepje gegooid, maar jullie moesten haar zo nodig redden. Lekker naïef, hoor, iemand die aan de drugs is valt niet te redden. Het enige wat jullie bereikt hebben, is dat we straks allemaal in een andere klas zitten. Echt prettig.'

Jordi zucht. Dat had hij nog net even nodig, een fijne uitbrander van Debby. Hij heeft toch al niet zo'n goed humeur. Toen hij gisteravond in bed lag, drongen alle beelden van die dag zich aan hem op. Erg opwekkend waren ze niet. Het ene moment zag hij Jim voor zich en het volgende Melissa die geld uit Renés jaszak probeerde te pikken. Daarna de ongeruste blikken van zijn ouders. En tot overmaat van ramp zag hij ineens Melissa's briefje met HELP erop. Toen kon hij echt niet meer slapen. Het hield hem de hele nacht bezig dat Melissa in de problemen zat en dat hij niks voor haar kon doen. Maar daar heeft Debby het niet over. Zij denkt alleen aan zichzelf.

Alsof het nog niet genoeg is, begint Kevin ook nog eens. 'Misschien moeten we wel allemaal van school. Ook een leuke binnenkomer om door je nieuwe klas als junk bekeken te worden. Melissa wordt bedankt.'

'Waar is ze eigenlijk?' vraagt Debby.

'Ik weet niet,' zegt Jordi. 'Gisteren werd ze nog door haar vader gebracht.'

'Daar komt ze net aan!' Fleur wijst naar het hek. Jordi schrikt als hij Melissa ziet. Ze is heel bleek en ze heeft wallen onder haar ogen.

'Wat heb je?' vraagt hij bezorgd.

'Ik weet het niet,' zegt Melissa. 'Ik heb me nog nooit zo beroerd gevoeld. Gisteravond heb ik een nogal heftig gesprek met mijn ouders gehad. Ik ben er zelf over begonnen. En eigenlijk wil ik tegen jullie hetzelfde zeggen. Het spijt me heel erg allemaal en ik hou overal mee op. En dat meen ik echt.'

'Geloof je dat zelf?' vraagt Debby.

Melissa kijkt naar de grond. 'Ik zal wel moeten, anders word ik gek.' Haar stem slaat over.

Jordi en Fleur hebben medelijden met hun vriendin. Ze ziet er zo wanhopig uit. Maar Debby lacht Melissa in haar gezicht uit. 'Ik wou je nog even bedanken voor wat je ons hebt geflikt.'

Melissa kijkt geschrokken naar Jordi. Ze denkt dat hij heeft verraden dat ze probeerde te pikken. Voordat ze zich kan verspreken, zegt hij gauw: 'Ja eh, dat weet je nog niet. Fleur en ik wilden gisteravond iets voor je doen.' En hij vertelt zo rustig mogelijk wat er is gebeurd.

Jordi merkt dat Melissa zich heel schuldig voelt. 'Sorry, sorry, sorry…' Ze zegt het wel drie keer achter elkaar. Het lijkt erop dat ze elk moment in huilen kan uitbarsten.

'Wat nou: sorry,' zegt Debby fel. 'Dat had je eerder moeten bedenken.'

Melissa kijkt haar vrienden aan. 'Dit moet ik proberen goed te maken, echt waar. Ik ga met Van Tongeren praten. Ik vertel alles eerlijk en dan zijn jullie ervan af.'

'Natuurlijk niet,' zegt Jordi.

Fleur vindt het ook onverstandig. 'Je houdt nu toch op met slikken? Ik vind het niet handig als hij dat allemaal hoort, zo meteen trapt hij je van school.'

'Nou en?' zegt Debby. 'Dat is dan jammer voor Melissa.'

'Debby heeft gelijk,' zegt Melissa snel als Jordi met een kwaad gezicht zijn mond open wil doen. 'Als ik van school moet, is het mijn eigen schuld. Het komt vandaag alleen een beetje belabberd uit.'

'Hoezo?' vraagt Jordi.

'Ik ga vanmiddag de clip opnemen met Rob Houtenbos.'

'Heeft hij gebeld?'

Melissa begint te vertellen. Debby gaat demonstratief een eindje van hen af staan. Het is duidelijk dat ze totaal niet meer in Melissa is geïnteresseerd. Ze probeert Kevin mee te lokken, maar die gaat er niet op in. Melissa heeft het niet eens in de gaten. Ze vertelt dat Rob gisteren belde om een afspraak voor volgende week te maken, maar dat zij had gevraagd of het niet vandaag kon. Aan het eind van de middag krijgt haar oma de uitslag te horen van een belangrijk onderzoek. Daar willen haar ouders bij zijn, dus kan Melissa vanmiddag ongestraft wegblijven. Gelukkig vonden Jim en de anderen het ook goed. Melissa zegt dat ze het net zolang voor haar ouders geheim wil houden tot de clip wordt uitgezonden.

'Denk je dat je het redt vandaag?' Jordi kijkt zijn vriendin bezorgd aan. Zoals ze er nu uitziet, kan ze toch niet dansen.

Melissa zucht. 'Ik weet het niet, ik weet het helemaal niet meer. Maar ik vind wel dat ik moet gaan, anders is al deze ellende voor niks geweest.' Even is ze stil en dan kijkt ze Jordi hoopvol aan. 'Ik wou vragen of je meeging?'

Daar hoeft Jordi geen seconde over na te denken. Hij laat haar echt niet in de steek nu ze zijn hulp zo hard nodig heeft. 'Het hangt er natuurlijk wel vanaf wat Van Tongeren voor plannen met ons heeft,' zegt hij.

'Ik ga naar hem toe,' belooft Melissa.

'Als hij je maar niet van school stuurt,' zegt Jordi. Dan heeft hij nog liever dat ze allemaal in een andere klas worden gezet. Bovendien kan Melissa dat nu echt niet aan. Ze doet wel zo flink, maar dan gaat het geheid mis met haar, dat weet hij zeker.

'Ik denk niet dat Van Tongeren Melissa van school stuurt,' zegt Fleur. 'Vooral niet als je uitlegt dat het allemaal door die clip komt. En je moet zeggen dat je nu inziet hoe stom je bezig was en dat je er echt mee ophoudt.' Fleur kijkt haar vriendin aan. 'Dat is toch zo? Je meent het toch dat je ermee stopt?'

Melissa knikt verdrietig. 'Ik moet wel, ik wil me zo snel mogelijk weer een beetje beter voelen. Echt hoor, dit is niet om uit te houden.'

Jordi is alweer wat geruster. Wat Fleur zei is waar, het is ook allemaal met die clip begonnen. En als meneer van Tongeren naar Melissa kijkt, zal hij haar zeker geloven. Zoiets zuig je toch niet uit je duim?

Melissa doet wat ze heeft beloofd. Onder de Nederlandse les steekt ze haar vinger op. 'Mag ik even naar meneer van Tongeren? Ik moet iets bespreken.'

'Natuurlijk,' zegt Annelies. 'Toch niks ernstigs, hoop ik?'

'Een beetje,' zegt Melissa. En dan wordt het haar al te veel. De tranen springen in haar ogen.

'Ze heeft iets stoms gedaan,' zegt Jordi. 'En daar krijgen wij nu de schuld van, dus dat gaat ze rechtzetten.'

'Stom noemt hij dat!' Debby duikt erbovenop. 'Nou, dat vind ik zwak uitgedrukt. Zeg maar liever dat ze ons er allemaal heeft ingeluisd.'

Jordi komt voor Melissa op. 'Dat is dus echt niet zo.'

'O nee?'

'Ophouden nu,' zegt Annelies. 'Ik merk aan jullie dat er iets niet lekker zit. Mochten jullie erover willen praten: jullie weten me te vinden.'

'Van mij hoeft er niet gepraat te worden,' zegt Debby.

Meneer van Haringen zou meteen beledigd zijn, maar Annelies Melgers blijft heel rustig. 'Je weet het maar nooit. Het is natuurlijk het beste als jullie het zelf oplossen, maar voor het geval dat jullie er niet uitkomen, dan ben ik er. Beschouw het maar als een aanbod. Ga je gang, Melissa. Succes.'

Jordi kijkt Melissa na. Hij denkt aan gisteren, toen Melissa zogenaamd naar de wc ging. En opeens krijgt hij een heel onbehaaglijk gevoel. Melissa gaat toch niet weer pikken? Ze heeft wel gezegd dat ze overal mee ophoudt, maar de laatste tijd maakt ze hen van alles wijs. In gedachten ziet hij Melissa's gezicht voor zich en hoort hij haar stem: 'Ik moet wel... Dit is niet om uit te houden...' En dan weet hij het: het is geen smoes. Ze meent het, ze meent het echt.

Jordi hoopt dat Van Tongeren een beetje redelijk is. Met die man weet je het nooit, het hangt helemaal van zijn bui af. En misschien zit hij wel in vergadering en kan Melissa helemaal niet bij hem terecht. Als Melissa na tien minuten nog niet terug is, weet hij zeker dat ze bij de directeur zit. Jordi vraagt zich af hoe het zal aflopen. Fleur was wel zo optimistisch, maar het kan ook anders gaan. Om de tijd door te komen tekent hij poppetjes in zijn schrift.

Hij is niet de enige die zich zorgen maakt, ook Fleur schuift de hele tijd op haar stoel heen en weer.

Jordi houdt de tijd in de gaten. Melissa is nu al twintig minuten bij meneer van Tongeren. Hij vraagt zich af of het een goed teken is. Meestal is Van Tongeren niet zo lang van stof. Als hij dat bedenkt, wordt Jordi onrustig. Stel je voor dat Van Tongeren zo kwaad op Melissa wordt dat ze uit ellende naar Jim gaat om pillen te halen. Terwijl hij hier maar zit te wachten. Jordi aarzelt geen minuut. Hij staat op en zegt dat hij naar de wc moet. Fleur heeft blijkbaar door wat hij van plan is, want ze steekt haar duim naar hem op. Zie je wel, denkt Jordi, Fleur vertrouwt het ook niet.

Als Jordi bij de kamer van de directeur komt, ziet hij het rode lampje branden. Dat betekent dat er iemand binnen is. Maar wie? Jordi drukt zijn oor tegen de deur. Gelukkig, hij herkent Melissa's stem. Hij probeert te verstaan wat ze zegt, maar dan hoort hij voetstappen. Jordi doet gauw een stap naar achteren.

'Ben je er ook uitgestuurd?' Jordi kijkt in het gezicht van Toine.

'Nee.' Jordi heeft geen zin om Toine te vertellen wat hij hier doet.

'Ik hoop dat hij een beetje een goeie bui heeft,' zegt Toine. 'Het is al de tweede keer deze week dat ik eruit ben getrapt.'

'Bij wie?' vraagt Jordi.

'Bij Zuurstok,' antwoordt Toine.

'O, dat is niet zo moeilijk,' zegt Jordi. 'Als je iets te hard ademhaalt kun je al vertrekken.'

'O ja,' zegt Toine als Jordi weg wil lopen. 'Wil jij deze brief aan Debby geven?'

'Kun je niet gewoon met haar praten?' vraagt Jordi. 'Ze zit hier op school, hoor.'

'Dat heb ik al twee keer gedaan,' zegt Toine. 'Daarom heb ik het nu maar eens opgeschreven.'

Je bent wel een aanhouder, zeg, denkt Jordi. Debby heeft toch al zo vaak gezegd dat ze niet verliefd op je is. Wat wil je nou bereiken met die brief? Of is het een of ander superromantisch gedicht? Nou ja, als hij aan gisteravond denkt, verbaast het hem niet dat Toine hoop houdt.

'Geef maar.' En hij pakt de brief aan.

Jordi heeft een vreemd gevoel als hij wegloopt. Elke keer merkt hij dat hij Toine graag mag. Maar omdat die Fleur zo schofterig behandeld heeft, wil hij niet te aardig tegen hem zijn. Jordi kijkt naar de brief. Hij moet niet vergeten hem af te geven. Voor de zekerheid stopt hij de brief in zijn borstzak. Dan is er altijd wel iemand die hem er bovenuit ziet steken.

Als hij dat had geweten was Jordi nog even voor de kamer van Van Tongeren blijven wachten. Hij zit nog maar net op zijn plaats als Melissa binnenkomt. Jordi ziet aan haar gezicht dat ze gehuild heeft. Hij vraagt maar niks, anders begint ze misschien weer. Fleur zit ook te popelen. Ze kijkt telkens op de klok. Zodra de bel gaat, komen ze om Melissa heen staan. 'Wat zei Van Tongeren?'

Melissa haalt haar schouders op. 'Leuk was anders. Voorlopig word ik in de gaten gehouden. Volgende week moet ik weer bij hem komen. En eh... hij belt jullie ouders dat het een vergissing is.'

'Te gek,' zegt Kevin. 'Dus er hoeft niemand van school.'

Jordi ziet dat Melissa vrolijk probeert te doen. 'Oké, ik trakteer, goed?'

Fleur, Kevin en Jordi willen een cola.

'En jij, Debby?' vraagt Melissa.

'Nee, dank je,' zegt Debby. 'Ik hoef niks van jou. Pas maar op, jullie, zo meteen stopt ze iets in de cola.'

Jordi vindt het een supervalse opmerking. Als hij Melissa's verdrietige gezicht ziet, wordt hij nog bozer. 'Jij weet ook altijd alles te verpesten, hè?'

Debby staat op en loopt met haar sigaretten in haar hand naar buiten.

'Opgeruimd staat netjes,' zegt Jordi. 'Voel je je wel goed?' vraagt hij dan als hij het grauwe gezicht van Melissa ziet.

'Laat me maar even.' Melissa bijt op haar lip.

'Ik ga vanmiddag met je mee,' zegt Jordi.

'Zo,' plaagt Kevin. 'En hoe zit het dan met je verkering, Jordi?' Fleur trapt erin. 'Ben je verliefd?'

'Kijk maar,' zegt Kevin. 'Hij heeft een liefdesbrief in zijn zak.' En voordat Jordi er erg in heeft, heeft Kevin de brief al te pakken.

'Geef terug,' zegt Jordi. 'Die is voor Debby.'

'O, nog een die op Debby is.' Kevin vouwt de brief open en leest hem voor. 'Hoi Debby, ik wil nog even iets zeggen over ons gesprek van gisteravond. Ik wou je niet kwetsen. Ik wil heel graag vrienden met je zijn. Maar verliefd, dat gaat nou eenmaal niet. Ik denk nog steeds aan Fleur en voorlopig zal dat wel zo blijven. Toine.'

'Wat...' Kevin kijkt Jordi aan. 'Hoe kom je aan die brief?'

'Van Toine,' zegt Jordi.

Fleur is sprakeloos. Ze wil meteen met de brief naar Debby stappen, maar Jordi houdt haar tegen. 'Ik denk dat het tijd wordt dat je met Toine gaat praten.'

'Hoe kan dat nou?' zegt Fleur. 'Hoe kan hij nog steeds verliefd op me zijn? Hij heeft toch verkering aan Debby gevraagd?'

'Van wie weet je dat eigenlijk?' vraagt Kevin.

'Van Debby,' zegt Fleur. 'Daar waren jullie toch bij? Of... Nee hè, jullie denken toch niet... Dat kan niet, hij heeft zelf die zaterdag afgebeld. Weet je nog, toen was hij zogenaamd ziek, die keer dat Debby wel mocht komen.'

Jordi legt zijn hand op Fleurs mond. 'Daar moet je zijn.' Hij trekt haar mee aan haar arm. 'Toine,' zegt hij. 'Fleur wil heel graag met je praten.'

17

Jordi kijkt naar Toine die met een supergelukkig gezicht Fleurs hand vasthoudt. Hij stoot zijn vrienden aan. 'Dat geloof je toch niet, hè? Moet je die twee nou zien, die zijn hartstikke dol op elkaar.'

Kevin en Melissa zijn ook heel verrast. 'Het is net of het nooit uit is geweest.'

Als Debby de aula in komt, valt het stil. Ze voelen alle drie dat er iets niet klopt.

'Wat is dat hier voor begrafenisstemming.' Debby legt haar aansteker op tafel. 'Waar is Fleur eigenlijk?'

'Daar.' Kevin wijst naar de bar.

Debby wordt rood als ze Fleur en Toine samen ziet, maar ze herstelt zich onmiddellijk. 'Ach, wat lief die twee. Misschien gaat het wel weer aan. Het is te hopen voor Fleur.'

Ze weten niet wat ze hiervan moeten denken. Als Debby dit niet meent, kan ze wel erg goed toneelspelen.

Het is voor iedereen duidelijk dat de verkering weer aan is. Fleur heeft haar armen om Toine heen geslagen en zoent hem. Met een stralend gezicht komen ze aanlopen. Jordi heeft Fleur in tijden niet zo gelukkig gezien.

'Onze verkering is weer aan, hè Toine?' Fleur geeft Toine een zoen.

'Nee toch?' Ze maken er maar een grapje van. Fleur moet lachen, maar zodra ze Debby ziet, verstrakt haar gezicht. 'Waarom heb je dat gedaan?'

'Wat bedoel je?' vraagt Debby.

'Dat onze verkering is uitgegaan, komt allemaal door jou!'

'Door mij?' Debby kijkt alsof ze niet weet waar Fleur het over heeft. 'Dat meen je toch niet serieus, hè?'

'Weet je nog dat Toine afbelde toen we naar Amsterdam zouden gaan?' Fleurs stem trilt.

'O, toen hij zogenaamd niet lekker was,' zegt Debby.

'Ja,' zegt Fleur. 'En dat kwam door jou. Waarom heb je tegen Toine gezegd dat ik vond dat hij niet kon zoenen?'

Debby doet alsof ze heel lang moet nadenken. 'O, dat...' zegt ze luchtig. 'Dat was toch een grapje! Ik dacht dat Toine dat wel had begrepen.'

'Een grapje?' roept Toine. 'Dat vind ik helemaal geen grapje.'

'Nee,' zegt Fleur. 'Je hebt ook tegen ons gezegd dat hij verliefd op je was.'

'Hè, doe niet zo moeilijk,' snauwt Debby. 'Ik hoef toch niet alles te menen wat ik zeg? Sinds wanneer ben jij zo serieus?'

'Onze verkering is er wel mooi door uitgegaan,' zegt Fleur kwaad. 'Zoiets doe je toch niet.'

'O, nou sorry, hoor.' Debby knipt haar aansteker een paar keer aan en uit. 'Maak je niet zo druk. Het is nou toch weer goed?'

Toine trekt Fleur naar zich toe. 'Gelukkig wel.' Hij is zo blij dat de verkering weer aan is, dat het hem niet kan schelen wat Debby allemaal zegt. Maar Fleur voelt zich bedrogen. 'Ik dacht dat je mijn vriendin was. Toine had een brief voor jou aan Jordi gegeven. Gelukkig heb ik die brief gelezen, anders was het nog steeds uit geweest.'

'Ach, laten we er nu over ophouden.' Debby slaat een arm om Fleur heen. 'Jullie worden vast heel gelukkig samen.'

Even lijkt het erop dat Fleur Debby vergeeft, maar dan schudt ze de arm van zich af. 'Laat me los.'

'O, wat zijn we boos,' zegt Debby. 'Zeg maar wat ik moet doen om het goed te maken.'

'Dit kun je nooit meer goedmaken,' zegt Fleur beslist. 'Je kan ophoepelen.'

Debby kijkt naar de anderen, maar niemand neemt het voor haar op. Zelfs Kevin niet. Ze hoopt nog dat Fleur haar woorden terugneemt, maar als Fleur bij haar standpunt blijft, verschijnt er een valse blik op Debby's gezicht. Met ogen vol haat kijkt ze Jordi aan. 'Jij bent de schuld... Jij hebt die brief expres laten lezen, hè? Daar krijg je spijt van, mannetje.' Ze spuugt Jordi in zijn gezicht en loopt weg.

'Hoe durft die trut.' Jordi veegt zijn gezicht af. 'Ik weet niet hoe

jullie erover denken, maar ik ga dus niet meer met haar om.'
'Nou wij wel, hè schat?' Fleur geeft Toine een zoen in zijn nek.
Toine knikt. 'We vragen of ze bruidsmeisje wil zijn op onze bruiloft.'
'Dan stopt ze gif in de bruidstaart,' voorspelt Jordi.
Melissa kijkt naar Debby die met een paar anderen staat te smoezen. 'Ze gaat ons vast iets flikken. Als onze banden zo meteen plat staan, weten we wie erachter zit.'
Kevin schrikt. 'Als ze maar wel met haar poten van mijn BMX afblijft.'
'Ik zou hem meenemen naar de klas,' zegt Jordi. 'Dan heb je er oog op.'
'Als het mijn crossfiets was, zou ik hem nooit laten mollen,' doet Fleur er nog een schepje bovenop.
'Echt?' Kevin kijkt hen aan. Even lijkt het erop dat hij zijn fiets gaat halen, maar hij doet het toch maar niet.

Debby heeft meteen wraak genomen. Als ze de klas in komen, kijkt iedereen naar Melissa. 'Verboden voor junkies,' zegt Margo.
'Ik snap dat je daar niet meer mee om wilt gaan, Debby,' zegt Linda zo hard dat Melissa het wel moet horen. En Angelique, die naast Melissa zit, pakt haar spullen en gaat demonstratief naast René zitten.
Jordi voelt de spanning. Hij merkt aan Melissa dat ze geen raad met de situatie weet. Hij wou dat hij er iets aan kon doen, maar wat moet hij? Debby heeft de klas tegen Melissa opgezet, daar kan hij niks tegen beginnen.
Helaas hebben ze nu net Van Haringen. Natuurlijk heeft hun leraar wel door dat er iets aan de hand is, maar hij gaat nergens op in. Dat vindt meneer van Haringen zonde van zijn tijd. 'Ik word betaald om les te geven,' zegt hij altijd. 'En niet om voor kindermeisje te spelen.'
Jordi weet zeker dat Annelies deze zieke sfeer meteen zou aanvoelen. En dan zou ze het er echt niet bij laten zitten. Ze zou absoluut willen weten wat er was.

Na een kwartiertje staat Melissa op om naar de wc te gaan. Debby rolt haar mouw op en doet net of ze iets in haar arm spuit. Ze heeft meteen succes. De halve klas begint te lachen.

'Je kunt wel zien dat je dit niet voor de eerste keer doet,' zegt Kevin. 'Het ziet er echt professioneel uit.'

Van Haringen kijkt Kevin aan. 'Mag ik weten wat er hier zo professioneel is, meneer Groenhart?'

'O, eh… uw manier van lesgeven natuurlijk,' antwoordt Kevin.

Jordi verwacht dat Kevin eruit gestuurd wordt, maar hun leraar weet niet zo goed hoe hij de opmerking moet opvatten. Hij haalt zijn schouders op en gaat door met de les.

Knap hoor, Van Haringen, denkt Jordi. Je bent echt een kanjer. Gewoon doorgaan, daar word je voor betaald. Hij kijkt naar de deur die opengaat. Het verbaast hem dat Melissa nog terugkomt. Hij weet niet of híj de moed gehad zou hebben.

Het blijkt dat het Melissa ook hoog zit. Als ze naar de volgende les lopen, moet ze bijna huilen. Jordi probeert haar te troosten. 'Je moet het je niet aantrekken.'

Fleur wijst op Melissa's horloge. 'Over twee uur sta je in de schijnwerpers, dat is toch veel belangrijker. Moet je zien hoe trots ze op je zijn als je op de buis komt. Wedden dat Angelique dan weer naast je wil zitten?'

De peptalk van haar vrienden helpt niet echt. Melissa schudt somber haar hoofd. 'Ik heb het zelf gedaan, het is mijn eigen schuld. Ik vind mezelf waardeloos.'

'Hou op.' Fleur houdt haar hand voor Melissa's mond. 'Je bent nog mijn enige vriendin en die mag niet zo over zichzelf praten.'

Met tegenzin gaat Melissa het natuurkundelokaal in.

En Jordi ziet het al van verre: op Melissa's tafel ligt een folder over drugs. Zo te zien is het gepest nog niet afgelopen.

'Gelukkig maar dat ik in die clip mag,' zegt Melissa als ze naar de studio fietst. 'Dan heb ik tenminste nog iets om trots op te zijn.'

'Morgen voel je je al een stuk beter,' zegt Jordi.

'Ik wou dat het al op de televisie kwam,' zegt Melissa. 'Ik heb zo'n zin om mijn ouders te verrassen. Ik zeg niks, alleen dat ze moeten kijken en dan zien ze mij ineens. Ik weet zeker dat ze beretrots zijn. Zelfs mijn vader met zijn grote mond.'

'Weet je al wanneer het wordt uitgezonden?' vraagt Jordi.

'We kunnen hier beter rechtsaf gaan.' Melissa steekt haar hand uit. 'Volgens Rob is de clip over tien dagen gemonteerd.'

'Gaat dat zo snel?' Jordi had gedacht dat het veel langer zou duren.

'Dat moet wel,' zegt Melissa. 'Over twee weken wordt hij uitgezonden op TMF.'

'Wijs hoor.' Jordi is trots op zijn vriendin. 'Die avond zit ik wel naast jou op de bank. Ik wil de gezichten van je pa en ma wel eens zien. Weet je wat we doen? We nemen het op en dan draaien we het onder Nederlands af. Wedden dat die negatieve stemming meteen omslaat?'

'Ik hoop het.' Melissa zucht. 'Je zult maar voortdurend gepest worden. Dat is niet uit te houden.'

'Een wraakactie van onze vriendin Debby,' zegt Jordi. 'Ze heeft me gewaarschuwd.'

'Ik snap niet dat we met die superbitch zijn omgegaan,' zegt Melissa.

Hoe dichter ze bij de studio komen, hoe langzamer Melissa gaat trappen.

'Vind je het eng?' vraagt Jordi.

Melissa knikt. 'Doodeng. Ik heb steeds gedanst, maar toen had ik wel geslikt.'

'Nu neem je toch niks?' vraagt Jordi verschrikt.

'Luister.' Bij het stoplicht legt Melissa haar hand op Jordi's stuur. 'Ik neem één pil, de allerlaatste. Dat heb ik nodig, anders lukt het niet. Je hoeft niet zo te schrikken,' zegt ze als ze Jordi's gezicht ziet. 'Het gaat nou toch alleen om die clip? Mensen die examen doen, nemen ook iets in.'

'Jaja,' zegt Jordi. 'En morgen moet je er weer een en overmorgen weer. Zo kom je nooit van die troep af.'

'Na vandaag doe ik het echt niet meer.' Melissa steekt twee vingers op.

Jordi denkt na.

Het is wel waar wat Melissa zegt; het gaat nu om die clip.

'Als je echt denkt dat je beter danst daardoor, dan moet je het doen.' Als Jordi zijn fiets tegen het hek zet, komt net Jim op zijn scooter aanrijden. 'Tijd niet gezien,' zegt hij tegen Jordi.

Voordat Jim iets tegen Melissa kan zeggen, rent ze al naar hem toe. 'Ik eh, ik heb wel iets nodig, hoor. Kan dat hier of moet het binnen?'

Jim kijkt haar verontwaardigd aan. 'Wat denk jij nou? Dacht je soms dat mister Houtenbos gek was? Als hij dat merkt, lig je eruit en ik erbij. Nee, zo dom ben ik niet. Je moet echt clean zijn, Melissa, sorry.'

Jordi ziet dat Melissa schrikt. 'Dat kan ik niet, ik heb nooit meer zonder gedanst. Ik weet niet eens of ik dat nog wel durf.'

'Kom op, een grote meid zijn en niet zeuren.' En Jim loopt naar binnen.

Jordi gaat achter Melissa en Jim aan de studio in. Hij betwijfelt of het Melissa zal lukken. Ze doet zo paniekerig.

Hij probeert haar moed in te spreken. 'Maak je niet druk, de eerste keer had je niks gebruikt. Toen ging het toch ook goed?'

Melissa knikt. 'Maar dat was anders, toen wist ik nog niet hoe zeker je je kon voelen.'

Jordi kijkt naar Katy en Ron. Zij schijnen nergens last van te hebben. Heel zelfverzekerd lopen ze achter Jim aan naar de schminkkamer. Ze hebben hun kostuums al aan.

'Ah, daar hebben we Melissa. Je bent mooi op tijd.' Rob Houtenbos staat in de deuropening.

'Ik weet niet of het lukt,' zegt Melissa.

'Natuurlijk wel.' Rob geeft haar een klopje op haar schouder. 'Maak je maar geen zorgen, je danst perfect. Ik heb je niet voor niks gekozen. Daar hangen je kleren. Laat je maar gauw schminken, dan kunnen we beginnen.'

Jordi gaat in de studio zitten. Hij kijkt verrast op als Melissa binnenkomt. Ze ziet er prachtig uit!

'Zo jongens,' zegt Rob als Jim ook klaar is. 'Michiel, die daarboven staat, laat zo meteen de muziek horen. We nemen nog niks

op. Ja Katy,' brult hij. 'Wou je nog meedoen of hoe zit het?'
Jordi herkent meteen de opgefokte sfeer van de eerste keer.
'Kan iedereen even zijn kop houden?' schreeuwt Rob. 'Jim, jij
komt alleen in het eerste stuk voor, we beginnen met jou. Klaar!'
Zodra de muziek start, begint Jim te dansen.
'Stop maar,' onderbreekt Rob hem. 'Perfect. We nemen het met-
een op, Michiel, dan kan Jim moven.'
De lampen gaan aan. Cameramensen rijden hun camera's dich-
terbij. Jordi ziet overal snoeren. Het duurt even voor ze hun lam-
pen hebben ingesteld en het geluid hebben getest, maar dan mag
Jim beginnen.
Gek, denkt Jordi als Jim klaar is, nu staat het erop.
'Mooi zo,' zegt Rob. 'Nu jullie drieën, dat zal wel wat meer tijd
in beslag nemen. One, two...' Bij 'three' beginnen ze te dansen.
Jordi kijkt naar Melissa. Ze is wel erg gespannen.
'Stop maar. Wat is er met jou gebeurd, Melissa? Ik dacht al zoiets
te zien toen je binnenkwam. Je bent wat van je schoonheid ver-
loren, meisje. Het dansen stelt geen reet voor. Een beetje losjes
graag. Het ziet er veel te spastisch uit.' Rob geeft Michiel een teken dat de muziek kan beginnen. Melissa heeft nog geen tien tellen gedanst of Rob begint te schelden. 'Dansen zei ik! Wat is dit
voor gepruts. Nog een keer.'
Jordi ziet dat Melissa haar best doet om zich te concentreren. Zelf
vindt hij dat het al veel beter gaat, maar daar denkt Rob anders
over. 'Hou maar op!' schreeuwt hij. 'Je was goed, maar wat je nu
laat zien, kan ik echt niet gebruiken.'
'Het lukt vandaag niet.'
'Je wordt bedankt,' zegt Rob. 'Had ik dat van tevoren geweten,
dan had ik nog iemand gebeld. Nu zullen jullie het met zijn
tweeën moeten doen.'
Melissa schrikt. 'Mag ik het niet nog één keer proberen?'
'Wat zei ik nou? Je denkt toch niet dat ik nog meer tijd ga verdoen, hè? Ga jij maar afwassen in plaats van dansen, dat lijkt me
beter,' zegt Rob spottend. 'Nou jongens, de show must go on. Allemaal koppen dicht!'
Jordi kijkt naar Melissa. Ze ziet eruit of ze elk moment in elkaar

kan zakken. Totaal in de war loopt ze de trap af. 'Het gaat niet door,' fluistert ze. 'De clip gaat niet door.'

Jordi weet niet hoe hij haar moet troosten. 'Kleed je maar gauw om. En laten we dan naar buiten gaan. Een beetje frisse lucht helpt vast.'

'Nee,' zegt Melissa. 'Niks helpt...'

Als ze even later buiten staan, komt Jim naar Melissa toe. 'Dat gaat niet goed, vrouwtje. Red je het wel?' Hij haalt zijn scooter van het slot.

Melissa schudt haar hoofd.

'Je weet dat er iets tegen dit soort gevoelens bestaat, hè?' zegt Jim. 'Je hoeft alleen maar achterop te stappen en ik breng je er naar-toe.'

'Nee,' zegt Jordi. 'Dat mag ze niet. Melissa, kom mee, we gaan naar huis.'

Melissa kijkt Jordi aan. 'Ik wil wel met je mee,' zegt ze, 'maar ik kan niet, echt niet...'

'Ga zitten.' Jim drukt een helm op Melissa's hoofd.

Jordi probeert Melissa nog tegen te houden, maar ze stapt ach-terop.

'Melissa, doe het niet!' schreeuwt Jordi. 'Wat kan ons die clip nou schelen!'

Terwijl Jim de stoep afrijdt, draait Melissa zich naar Jordi om. Hij ziet dat de tranen over haar wangen stromen. Ze blijft naar hem kijken tot Jim de hoek omslaat, dan is ze weg.

18

Jordi voelt het als hij Melissa weg ziet rijden. Hij is haar kwijt. Ze zijn haar allemaal kwijt. Kevin, Fleur en haar ouders. De gebeurtenissen van die dag flitsen door hem heen: de vijandige houding van de klas; de uitbrander van Rob; en daarna de afwijzing. Het is Melissa teveel geworden, ze ziet geen hoop meer voor zichzelf. En hij kan haar ook niet helpen, dat durft ze niet toe te laten. Ze is bang voor de pijn en al te vertrouwd met een middel dat zogenaamd alle zorg wegneemt, maar dat wel de schuld van alle ellende is.

Jordi overweegt Melissa achterna te gaan, maar hij beseft al gauw dat het niets uithaalt. Als hij bij Jim aankomt, is Melissa al in een andere wereld.

Jordi ziet er tegenop om naar huis te gaan. Niet alleen omdat hij geen zin heeft om aan zijn huiswerk te beginnen, maar ook omdat hij het moeilijk vindt om meneer de Raaf te woord te staan. Die belt vast op om te vragen waar Melissa blijft. Hij ziet het al voor zich, zijn ouders raken natuurlijk weer helemaal in paniek. Hij zal moeten praten als Brugman om hen ervan te overtuigen dat hij er niks mee te maken heeft. En hij kan nu niet naar Kevin toe, want die zit op de skatebaan. Fleur is zijn enige uitweg. Melissa moet van die Jim verlost worden, daar gaat het om. Als ze kunnen bewijzen dat Jim een dealer is, zijn ze van hem af. Pas dan is er weer hoop voor Melissa. Eerder niet. Jim geeft haar gewoon de kans niet om te stoppen en Jordi weet wel waarom. Hij gebruikt Melissa om zijn handeltje de disco in te smokkelen. Hij heeft vast alweer een of ander vernuftig plan bedacht.

Jordi haalt zijn fietssleutel uit zijn zak en weet het op dat moment zeker: hij rust niet voordat die Jim achter slot en grendel zit.

Gelukkig is Fleur thuis. Ze ziet meteen aan Jordi's gezicht dat er iets mis is.

'Is het Melissa?' vraagt ze.

Jordi knikt verbaasd. Hij moet er nog even aan wennen dat Fleur weer alert is. Toen het uit was met Toine drong niks tot haar door. Nu is ze weer de oude Fleur. Een kanjer.

Jordi is blij dat Fleur hem mee naar haar kamer neemt. Hij mag haar ouders graag, maar hij moet er nu niet aan denken om gezellig bij hen op de bank te gaan zitten theedrinken.

Jordi's ogen glijden door Fleurs kamer. Het is wel een verschil met vorige week. Toen was Fleur zo somber dat ze niet eens zin had haar kamer op te ruimen. Overal lag troep en de gordijnen bleven de hele dag dicht. Nu ziet het er weer vrolijk uit. De foto van Toine prijkt boven haar bed.

Zodra de deur dicht is, vertelt Jordi wat er is gebeurd. Het kost hem wel moeite. Af en toe moet hij even diep ademhalen.

'Je mag wel huilen, hoor,' zegt Fleur als hij uitverteld is.

'Ik hoef niet te huilen.' Op het moment dat Jordi dat zegt, stromen de tranen over zijn wangen. 'Ik eh…' En dan durft hij er zomaar voor uit te komen. 'Ik hou van Melissa…'

Fleur slaat een arm om hem heen. 'Dacht je soms dat ik dat niet wist? Je bent al vanaf de brugklas verliefd op haar. Je wilde het alleen nooit toegeven en Melissa ook niet. Maf stel.'

Jordi schudt beslist zijn hoofd. 'Melissa is niet verliefd op mij. Wat doet ze anders bij die klootzak?'

'Dat is onzin,' zegt Fleur. 'Jij weet net zo goed als ik dat het Melissa niet om Jim gaat. Ze kiest voor die rottige pillen en die heeft Jim.'

Jordi knikt. 'Hij moet uit haar leven. Ik wou maar dat we iets konden bewijzen.'

'We gaan het bewijzen!' Fleur zegt het zo fel dat Jordi in de lach schiet. Hij is blij dat ze weer helemaal zichzelf is.

'Kevin en Toine moeten ook helpen.' Fleur kijkt Jordi aan. 'Die Jim is een dealer, dat is duidelijk.'

'Dan zijn we toch klaar,' zegt Jordi. 'We geven hem gewoon aan en dan doorzoekt de politie zijn huis.'

'Zo gemakkelijk is het niet,' zegt Fleur. 'Of dacht je soms dat hij die rotzooi bij zijn moeder thuis in het gootsteenkastje heeft liggen?'

'Je bedoelt dat hij een opslagplaats heeft?'

Fleur knikt. 'En pas als we die hebben gevonden, geven we hem aan. Eerder niet.'

'Goed, commandant.' Jordi kan alweer lachen. 'Wanneer gaan we er achteraan?'

'Het moet na schooltijd gebeuren. We moeten daar om de beurt posten.' En dan realiseert Fleur zich ineens waar Melissa mee bezig is. 'O, Melissa wat ben je een sukkel.' Ze tikt met haar vinger tegen haar voorhoofd. 'Waarom is ze met die griezel meegegaan? Nou krijgt ze nog veel meer moeilijkheden. Denk maar niet dat haar ouders niks in de gaten hebben. Die willen echt wel weten waar ze is geweest. En nu ze eenmaal van die XTC op de hoogte zijn, merken ze ook dat ze heeft gebruikt. Wij hadden het van de week toch ook meteen door? Die komt hartstikke opgefokt thuis. Of ze wacht tot het is uitgewerkt en dan is ze dus te laat.'

'En wat dacht je van morgen?' vraagt Jordi. 'Het is niet te hopen dat ze Debby tegenkomt. Dit moet geheim blijven anders heeft ze helemaal geen leven meer in de klas.'

'Daar had ik het vanmiddag met Kevin nog over,' zegt Fleur. 'Die vindt ook dat we er iets aan moeten doen. Hij wist alleen niet wat, maar ik heb al een idee.'

'Jij vindt zeker dat we met de klas moeten praten? Weinig kans,' zegt Jordi. 'Weet je wel hoeveel invloed Debby heeft?'

'Annelies Melgers ook,' zegt Fleur. 'We gaan met Annelies praten. Die pakt het tenminste aan. Moet je zien wat voor campagne ze tegen die discotheek voert. Ze heeft ook al met de krant gesproken.'

Jordi kijkt Fleur aan. 'Je bent wel weer helemaal top, hè? Wat een perfect idee. Natuurlijk moeten we dit met Annelies bespreken. Zullen we morgen meteen naar haar toe gaan?'

Fleur knikt. 'We zorgen gewoon dat we eerder op school zijn. Annelies is toch altijd vroeg.'

'Fleur… eten!' klinkt het onder aan de trap.

'O ja, dat is ook zo,' verontschuldigt Fleur zich. 'We eten vroeg. Mijn broertjes moeten naar voetbaltraining.'

Ze praten nog een tijdje door als er voor de tweede keer wordt geroepen dat Fleur aan tafel moet komen.

'Ik ga.' Jordi rent de trap af. In het voorbijgaan steekt hij zijn hoofd om de kamerdeur. 'Eet smakelijk.'

'Dag Jordi.' Fleurs vader zwaait vrolijk naar hem. 'Gezellig dat je er was,' zegt hij plagerig.

'Leuk, hè?' zegt Jordi lachend terug. En dan gaat hij weg.

Jordi is een stuk opgeluchter als hij naar huis rijdt. Hij is blij dat ze er in elk geval iets aan gaan doen.

Hij heeft thuis nog geen stap in de kamer gezet of zijn vader vuurt een vraag op hem af. 'Waar zat jij?'

'Is dit een kruisverhoor?' vraagt Jordi. 'Ik kom net bij Fleur vandaan. Als je het niet gelooft, bel je haar ouders maar op.'

'Was Melissa daar ook?' Jordi's vader bindt al wat in.

'Nee.' Jordi heeft geen zin om tegen zijn ouders te liegen. 'Ik weet niet waar ze is.' Op zich is dat de waarheid. Ze kan overal zijn.

'Die arme mensen…' Jordi's moeder schudt haar hoofd. 'Melissa's ouders zijn helemaal in de war.'

'Ik dacht dat ze naar het ziekenhuis waren,' zegt Jordi.

Moeder raapt Jordi's rugtas van de grond en zet hem op een stoel. 'Dat was ook zo, maar de uitslagen van de onderzoeken waren allemaal positief, daarom konden ze eerder naar huis. Dat is toch wat! Dan kom je thuis en blijkt dat Melissa zich niet aan haar woord heeft gehouden. Nou, je mag blij zijn met zo'n dochter. Ze geven haar even de vrijheid en ze valt weer terug.'

Jordi heeft geen zin om erop in te gaan. De toon waarop zijn ouders over Melissa praten, irriteert hem. 'Hoe laat gaan we eten?'

'Over een half uurtje.'

'Dan ga ik nog even naar boven. Ik heb een proefwerk.'

Dit zijn van die momenten waarop Jordi echt blij is dat er huiswerk bestaat. Stel je voor dat hij nog langer naar dat gezeur moet luisteren. Zijn moeder is toch alleen maar begaan met de ouders van Melissa. Ze snapt echt niet hoe moeilijk het voor Melissa is.

Boven haalt Jordi zijn geschiedenisboek uit zijn tas. Hij probeert te leren, maar hij moet steeds aan Melissa denken. Hij vraagt zich voortdurend af hoe veel pillen ze heeft geslikt. Hij hoopt dat ze niet al te laat thuiskomt, anders overleeft ze het niet. Het is daar nou toch al crisis. Voorlopig komt ze de deur niet meer uit, dat weet Jordi zeker. Hij gelooft niet dat dat helpt. Die Jim, daar moet ze vanaf. Jordi hoort de stem van Jim in zijn oor. Die gluiperige stem waarmee hij Melissa lokte. 'Je weet dat er iets tegen dit soort gevoelens bestaat...' Bah, de smeerlap.

Jim moet oprotten, schrijft hij groot in zijn schrift. En dan streept hij oprotten door. *Jim moet dood* staat er nu. Jordi schrikt er zelf van. Hij heeft nog nooit zo veel haat voor iemand gevoeld. Het liefst zou hij Jim neerknallen. En dan spreekt hij zichzelf streng toe: 'Nou wordt het tijd voor je proefwerk, Jordi de Waard. Als je zulke belachelijke gedachten krijgt, kun je beter gaan leren.' Jordi leest de eerste alinea hardop, maar zodra de telefoon gaat, stuift hij naar de deur. Dat moeten Melissa's ouders zijn. Ze is natuurlijk thuisgekomen. Hij loopt de trap af en luistert.

'Nee,' hoort hij zijn vader zeggen. 'We hebben nog niks gehoord. En Jordi weet ook niet waar ze is. Natuurlijk, meneer de Raaf, zodra we iets horen bellen we u op. Vanzelfsprekend. Sterkte ermee.' En hij hangt op.

Ze is er dus nog niet, denkt Jordi. Als hij de kamer in gaat, ziet hij dat zijn vader al bezig is de tafel te dekken. Het heeft geen zin om voor die paar minuten nog naar boven te gaan.

'Het is wat.' Vader zet zuchtend de borden neer. 'Het was zo'n leuke meid.'

'Wás?' Jordi kan zijn mond niet meer houden. 'Je doet net of ze dood is.'

'Nou, Jordi,' moeder gaat aan tafel zitten, 'jij hebt geen idee wat die ouders doormaken. Reken maar dat het een hel is, een regelrechte hel.'

Jordi wordt niet goed van dat dramatische gedoe. 'Ik heb hier geen zin in, hoor. Laten we over iets anders praten.'

Zijn vader begint braaf over zijn werk en zijn moeder doet keurig verslag van wat ze die dag heeft gedaan.

'En jij?' Vader neemt een hap van zijn soep.

Jordi staart naar zijn bord. Wat moet hij zeggen? Dat hij vandaag heeft gezien hoe zijn vriendin door de klas werd getreiterd? In-

eens weet hij iets. 'We hebben Debby uit ons groepje gegooid.'
'Debby, dat aardige meisje?' vraagt moeder.
'Zo aardig is ze dus niet.' En Jordi vertelt wat er is gebeurd.
'Zo zo,' zegt vader. 'Dat is zeker niet sympathiek.'
Maar moeder gaat nergens op in. Vandaag is er maar één meisje dat niet deugt en dat is Melissa.
'Je hoeft me niet te helpen,' zegt Jordi's moeder als ze klaar zijn met eten. 'Ga jij maar aan je huiswerk. Papa en ik ruimen wel af.'
Jordi heeft haar wel door. Dan kan ze tenminste over Melissa roddelen. Hij kijkt op zijn horloge. Het is al zeven uur. Ze is dus nog steeds niet thuis, anders hadden ze het wel gehoord.

Om half tien slaat Jordi zijn agenda dicht. Hij vindt het welletjes voor vandaag. Niet dat hij echt goed is opgeschoten, want de halve avond hing hij aan de telefoon. Fleur wilde weten of hij al iets had gehoord en Kevin belde ook nog.
'Dat ventje krijgen we wel klein,' zei hij. Echt Kevin, alsof het een fluitje van een cent is.
Jordi loopt de kamer in.
'Wil je iets drinken?' vraagt zijn moeder.
'Ik pak het zelf wel.' Als Jordi op weg is naar de keuken gaat de telefoon. 'Neem jij maar op,' zegt zijn vader. 'Het is toch voor jou.'
'Met Jordi?'
Aan de andere kant blijft het stil.
'Hallo,' zegt Jordi. 'Met wie spreek ik?' En dan wordt de verbinding verbroken.
'Wie was dat?' Zijn ouders kijken hem aan.
'Er werd opgehangen,' zegt Jordi. Nog geen minuut later gaat de telefoon weer.
'Ja hallo,' zegt Jordi. Als het weer stil blijft, vertrouwt hij het niet.
'Melissa, ben jij dat?'
'Hoi,' klinkt Melissa's stem. 'Wil je tegen mijn ouders zeggen dat het goed met me gaat?'
'Goed met je gaat? Waar zit je dan?' vraagt Jordi.
'Ik kom niet meer thuis,' zegt Melissa.

'Wat…?' Jordi weet niet wat hij hoort. 'Dat kun je toch niet doen? Hoe moet het dan met school?'

'Het is beter zo,' zegt Melissa. 'Het is echt het beste voor iedereen. Ik maak jullie allemaal ongelukkig.'

'Hoe kom je erbij,' protesteert Jordi. 'Iedereen wil je helpen. Melissa, luister…'

'Ik laat nog wel wat horen, goed?'

'Melissa…' roept Jordi, maar ze heeft al opgehangen.

Als verdoofd staat Jordi met de telefoon in zijn hand.

'Waar zit ze?' vraagt zijn vader.

Pas als vader aan Jordi's arm schudt, dringt de vraag tot hem door. 'Ik weet niet waar ze is, dat wou ze niet zeggen. Ze zei alleen dat ze niet thuiskwam.'

'Die arme mensen,' zegt moeder. 'Dat ga je niet door de telefoon zeggen, hoor Wim. Dat kun je niet doen.'

'Nee,' zegt vader. 'Ik denk dat ik er maar even heen rij. Ga je mee, Jordi?'

Jordi hoort zijn vader niet. Alles om hem heen begint te draaien. Met een spierwit gezicht rent hij naar de wc. Net op tijd, want hij moet overgeven.

19

Na Melissa's telefoontje is alles in Jordi's leven veranderd. School, zijn vrienden, zijn baantjes, niets intcresseert hem meer. Van de week was er een belangrijke opgraving op de televisie, maar Jordi heeft er niet eens naar gekeken. Melissa moet terugkomen, dat is het enige waar hij aan denkt.

Nog dezelfde avond nadat Melissa had opgebeld, reed Jordi met meneer de Raaf naar de studio. Toen bleek dat Melissa haar fiets al had opgehaald, zijn ze naar het politiebureau gegaan. Jordi vertelde waarvan ze Jim verdachten, maar de politie kon niks doen. Ze hadden geen enkel bewijs. Ze bedankten Jordi voor de tip en beloofden Jim in de gaten te houden. Er ging wel een agent mee naar het huis van Jim om te vragen waar Melissa was, maar het leverde niks op. Jim beweerde glashard dat Melissa maar heel even bij hem was geweest en dat hij echt niet wist waar ze zat.

De agent waarschuwde Jordi dat hij zich verder nergens mee moest bemoeien. Hij zei dat dat soort jongens niet te vertrouwen zijn en dat je daar beter bij uit de buurt kunt blijven. Dat ze nergens voor terugdeinzen en ook niet zomaar te pakken zijn, omdat er meestal een heel netwerk achter zit.

Achteraf vindt Jordi hun plan zelf ook een beetje naïef. Detectiefje spelen doe je op de basisschool. Nu Melissa is weggelopen hebben ze wel iets anders aan hun hoofd dan Jim. Dat vinden Fleur, Kevin en Toine gelukkig ook.

Ze hebben overal gezocht. Ze zijn zelfs naar de Florida geweest. Jordi dacht even dat hij Melissa daar zag. Hij rende naar haar toe en toen was het een ander meisje. Hij stond wel voor gek, dat zal hem niet meer zo snel gebeuren. Hun actie tegen de Florida werkt trouwens wel. Dat komt vooral doordat Annelies ervoor heeft gezorgd dat het in de krant kwam. Niet alleen scholieren praten erover, maar Jordi's moeder ving ook een gesprek op tussen twee caissières in de supermarkt. Die zeiden dat ze in het vervolg liever naar de discotheek in het centrum gingen.

Ze hebben ook in de stationsbuurt naar Melissa gezocht, want daar zijn de meeste kraakpanden. Ze hadden een foto van Melissa bij zich. Iedereen die ze tegenkwamen, lieten ze de foto zien, maar helaas was er niemand die Melissa herkende.

Drie dagen geleden had Jordi de domper van zijn leven. Ze dachten dat ze Melissa op het spoor waren. Een jongen uit een coffeeshop wist zeker dat hij haar had gezien. Hij gaf hun het adres van een groot kraakpand. Toen ze daar kwamen, bleek dat Melissa daar inderdaad een nacht had geslapen. Een van de jongens, ene Frank, had met haar gepraat. Hij had haar proberen over te halen weer naar huis te gaan, maar Melissa had gehuild en gezegd dat ze dat echt niet durfde. Ze hadden nog ruzie om haar gekregen. Van Kelly, een ouder meisje dat Melissa op het station had opgepikt, mocht Melissa wel een tijdje bij hen wonen, maar Frank vond haar veel te jong. Uiteindelijk waren ze overeengekomen dat Melissa mocht blijven, maar dat ze dan wel de volgende dag haar ouders moest bellen.

'Ze moet bang geweest zijn,' zei Frank. 'Want toen we de volgende ochtend wakker werden, was ze al weg.'

Het is nu alweer tien dagen geleden dat Melissa weggelopen is en Jordi heeft niets meer van haar gehoord.

Op school praten ze nergens anders over. Iedereen maakt zich zorgen om Melissa. Dat komt doordat Annelies Melgers er een hele les aan heeft besteed. En meneer van Tongeren heeft ook met hen gepraat. Nu snapt iedereen tenminste hoe Melissa in die ellende is terechtgekomen. Debby ook. Ze ziet in dat ze Melissa verkeerd heeft beoordeeld. Ze heeft er echt spijt van. Ze bood zelfs aan mee te helpen zoeken, maar zover is Fleur nog niet. En Jordi trouwens ook niet. Ze praten nu wel weer met Debby.

'Jullie zijn boos op Melissa,' had Annelies tijdens die les gezegd. 'Maar je moet boos zijn op de jongen die haar heeft volgestopt. Op de walgelijke wereld die achter de drugs zit. Het is niet zo onschuldig als het lijkt. Je wilt niet achterblijven en je neemt ook een pilletje. Wat is nou één pilletje? Maar het is bloedlink. Kijk maar naar Melissa. Afblijven, horen jullie? Afblijven!' Annelies werd zo emotioneel dat ze met haar vuist op tafel sloeg.

Tijdens tekenen hebben ze met de hele klas affiches gemaakt. Posters met daarop XTC-pillen en andere drugs hangen door de hele school. Alle informatie die er over drugs te krijgen is, ligt uitgespreid op de tafel in de hal.

Meneer van Tongeren heeft deze week nog alle ouders van de klas bij elkaar geroepen. Sommigen zijn zo geschrokken dat ze een actiecomité hebben opgericht.

In de klas kwam ook ter sprake dat het best moeilijk voor Melissa zal zijn om terug te komen. Maar iedereen is van plan haar te helpen.

Was ze maar vast terug, denkt Jordi steeds. Voorlopig weet hij niks. Soms als hij aan zijn huiswerk zit, wordt hij heel onrustig. Dan springt hij op zijn fiets en crosst de hele stad door, elke straat afturend of hij Melissa's fiets ergens ziet staan. Hij is ook al een paar keer in zijn eentje een coffeeshop in gegaan.

Vandaag is het vrijdag, de laatste dag van de week. Jordi zit in het aardrijkskundelokaal en voelt een pijnlijke steek achter zijn oog. Daar had hij de afgelopen week vaker last van. Hij weet best hoe het komt: hij maakt zich veel te druk om Melissa. Maar hij kan het niet helpen, ze is nu eenmaal heel belangrijk voor hem. Misschien wel de allerbelangrijkste die er bestaat.

Zodra de bel gaat, loopt hij de klas uit. Hij is als eerste bij de kapstok. Anders is hij altijd blij dat de week om is, maar nu ziet hij er zelfs tegenop. Weer een weekend zonder Melissa.

'Zullen we naar het Kooltuintje gaan?' vraagt Fleur.

'Sorry, ik heb koppijn, ik smeer hem.' Zodra Jordi op zijn fiets zit, trekt de pijn weg. Frisse lucht helpt, dat heeft hij al eerder gemerkt.

Jordi wil onder het viaduct door gaan, maar dan trapt hij op zijn rem. Hij heeft geen zin om naar huis te gaan. Wat moet hij daar? Wachten tot Melissa belt? Misschien belt ze wel nooit meer. Bij die gedachte overvalt hem een heel leeg gevoel. Ik moet haar vinden, denkt hij. Ik moet weten waar ze zit. Hij besluit naar het kraakpand te gaan en slaat linksaf. Misschien hebben ze al iets van Melissa gehoord. Hij had zijn telefoonnummer daar achter moeten laten, maar daar denkt hij nu pas aan.

Een tijdje later steekt Jordi de spoorweg over. Gelukkig weet hij het nog te vinden. Hij rijdt regelrecht op het huis af.

Hij zet zijn fiets tegen de boom en belt aan, maar er wordt niet opengedaan. Jordi drukt nog een paar keer op de bel, maar de deur blijft dicht. In het huis naast het kraakpand gaat een raam omhoog.

Een oude vrouw steekt haar hoofd naar buiten. 'Ze zijn er niet, hoor, ze zijn allemaal naar dat ongeluk. Ja, ik hoef er niet naar-toe, ik ken dat kind niet. Het schijnt een jong meisje te zijn.'

'Een jong meisje…'

'Ja jongen, er gebeurt hier van alles,' zegt de vrouw. 'Zo'n jong kind van jouw leeftijd. Het is toch verschrikkelijk. Van huis weg-gelopen. Ze logeerde hiernaast. Dat zijn beste mensen. Maar daar, dat huis verderop… dat drugspand moesten ze opblazen. Frank heeft haar nog proberen tegen te houden maar ze moest er zo nodig naartoe. Ze kwam dat schorem op straat tegen. Je hoeft mij niet te vertellen hoe dat gaat. Ze palmen zo'n jong ding ge-woon in. Nou, het heeft niet lang mogen duren. Het is dat Frank ging kijken hoe het met haar ging, anders had ze daar nog gele-gen. Ze zijn met haar naar het ziekenhuis gegaan.'

Jordi staat als versteend. Hij kan geen woord uitbrengen.

'Ja, ik kijk er al niet meer van op,' gaat de vrouw door. 'En de po-litie doet er ook niks aan. Ik heb al…'

'Welk ziekenhuis?' onderbreekt Jordi haar.

'Het Sint-Jans, dat is hier vlakbij, achter het spoor. Frank en Kel-ly zijn er met een noodvaart naartoe gereden. Het zag er niet best uit. Afwachten maar weer.'

Jordi hoort niet eens wat ze nog meer zegt. Ik moet naar haar toe, denkt hij. Ik moet naar haar toe… In zijn haast vergeet hij de vrouw te groeten. Hij springt op zijn fiets en racet de straat uit. In zijn gedachten ziet hij Melissa voor zich. Wat zouden ze haar hebben gegeven? Als ze nog maar leeft…

Met bonkend hart rent Jordi het ziekenhuis in.

'Ze mag niet doodgaan,' zegt hij tegen de vrouw achter de balie. De vrouw ziet dat hij in de war is. 'Als je me vertelt wat er aan de hand is, kan ik je misschien helpen.'

'Drugs… mijn vriendin heeft drugs gebruikt.' Het is het enige wat Jordi kan uitbrengen.

De vrouw belt naar de eerste hulp. 'Er is inderdaad een drugsslachtoffer binnengebracht,' zegt ze en ze wijst Jordi waar hij moet zijn.

Jordi stuift naar binnen. De wachtkamer zit vol mensen, maar hij heeft niet eens de rust om te kijken of hij Frank en Kelly ziet. Hij schiet een verpleegster aan.

'Sorry.' Voordat Jordi iets kan zeggen, loopt ze door. 'Er is een spoedgeval.' En ze gaat gehaast een deur door.

Jordi kijkt naar de dichte deur. Daarachter is Melissa. Er gaat van alles door Jordi heen. Hij merkt niet eens dat de wachtkamer steeds leger wordt. Hij blijft strak naar de dichte deur staren.

Het is al veel later als de deur eindelijk opengaat. Kelly is de eerste die naar buiten komt.

Jordi grijpt haar bij haar arm. 'Hoe is het met haar?' Als hij Kelly aankijkt, ziet hij dat de tranen over haar wangen stromen. En in de deuropening staat Frank, met een spierwit gezicht.

'Nee, het is niet waar! Zeg dat het niet waar is.' Jordi schudt paniekerig aan Kelly's arm.

Frank kijkt Jordi aan. 'Ze heeft het niet gehaald,' zegt hij zachtjes.

Het wordt zwart voor Jordi's ogen. Hij denkt dat hij gaat vallen, maar als hij een paar keer diep ademhaalt, trekt het gevoel weg. Ze heeft het niet gehaald, gonst het door zijn hoofd. Hij trilt over zijn hele lichaam. Een tijdje staan ze daar bij de deur, zonder iets te zeggen.

Kelly is de eerste die de stilte verbreekt. 'Erg, hè? Het was zo'n lieve meid. Je snapt die ouders niet. Waarom hebben ze niet beter voor Mette gezorgd.'

'Mette?' vraagt Jordi. 'Heet ze Mette?'

'Ja.' Als Frank ziet dat er weer wat kleur op Jordi's gezicht komt, snapt hij wat er aan de hand is. Hij legt zijn hand op Jordi's schouder. 'Jij dacht dat het Melissa was.'

Jordi knikt. 'Sorry,' zegt hij. 'Voor Mette is het ook vreselijk, maar…'

'Dat is niet jouw vriendin,' zegt Kelly. 'Spoor Melissa maar gauw op, voor het te laat is.'

Jordi geeft Frank zijn telefoonnummer en loopt het ziekenhuis uit. Maar als hij buiten staat, kan hij Melissa niet zoeken. Hij kan alleen maar huilen.

20

Melissa is al meer dan twee weken zoek. Jordi hangt met een chagrijnig gezicht in de stoel. Nu is hij zijn afwasbaantje ook nog kwijt. Alleen omdat hij te laat kwam.

Op weg naar het restaurant zag hij een meisje in de bus zitten. Jordi wist zeker dat het Melissa was. Hij reed keihard achter de bus aan. Hij had geluk dat het heel druk was en de bus telkens in een file stond, anders had hij hem nooit kunnen bijhouden. Voor het station stapte het meisje pas uit. Toen Jordi haar van dichtbij bekeek, zag hij dat hij zich vergist had.

Intussen was hij wel een half uur te laat op zijn werk. Hij legde meneer Kromwijk uit wat de reden was, maar die had er niks mee te maken. Hij kon ophoepelen. Wat was Jordi kwaad. Toen hij naar huis fietste, moest een vrouw het bezuren. Hij zag dat ze de weg overstak, maar hij reed gewoon door. Het scheelde een haar of ze lag onder zijn fiets.

'Kun je niet uitkijken, trut!' schreeuwde Jordi, terwijl de vrouw op het zebrapad liep.

Jordi zet de televisie aan. Als hij alle netten heeft geprobeerd doet hij hem weer uit.

'Waarom bel je Kevin niet?' vraagt moeder. 'Misschien draait er een leuke film.'

'Hoezo?' snauwt Jordi. 'Ik verveel me heus niet, hoor. Wil je me weg hebben of zo?'

'Niet meteen zo kwaad.' Vader roert in zijn koffie. 'Mama is alleen bezorgd om je.'

'Dat piekeren helpt niks hoor,' zegt zijn moeder. 'Daar krijg je alleen maar hoofdpijn van en Melissa komt er niet eerder door terug.'

'Wat zeuren jullie nou?' vliegt Jordi op. 'Ik mag toch wel gewoon in de kamer zitten? O, ik snap het al, ik zit jullie in de weg.' En hij staat op en loopt de kamer uit.

'Hè Jordi.' Moeder gaat hem achterna. 'Zo bedoelen we het niet.'

'Laat hem nou maar,' zegt vader als hij hoort dat Jordi de trap opgaat. 'Er is geen land mee te bezeilen.'

Vinden jullie dat soms gek, denkt Jordi. En hij slaat de deur van zijn kamer met een klap dicht. Nee, het is leuk als je vriendin spoorloos is verdwenen. Dan ga je toch gezellig naar de film? Waarom geeft hij geen feest? Jordi kan het niet uitstaan dat zijn moeder zich alleen maar zorgen om hém maakt. Ze denkt geen minuut aan Melissa. De enige met wie ze medelijden heeft, zijn Melissa's ouders. Hoe het met Melissa gaat, interesseert haar niet. Nou, dat interesseert hem dus wel. Jordi zet een cd op. Maar zodra het eerste nummer is begonnen, drukt hij hem alweer uit. Van die muziek wordt hij helemaal triest. Hij gaat op zijn bed zitten en vraagt zich voor de zoveelste keer die week af waarom Melissa niet belt. Al was het alleen maar om te vertellen hoe het met haar gaat. Ze weet nog niet eens dat haar oma uit het ziekenhuis is ontslagen. Zuchtend staat Jordi op en gaat achter zijn bureau zitten. Hij neemt zich voor nog eens goed na te denken hoe hij haar kan vinden. Hij schrijft alle mogelijkheden die hij kan bedenken onder elkaar. Als hij het rijtje overleest, wordt hij nog somberder. Alles wat er staat heeft hij al geprobeerd. Achteraf snapt Jordi dat Fleur en Kevin het vanmiddag niet meer zagen zitten. Ze kregen er bijna ruzie over.

'We hebben echt geen zin om weer de hele stad uit te kammen,' zeiden ze. 'Dat levert toch niks op. Jij kunt er ook beter mee stoppen. Zo meteen zit je weer voor niks in het ziekenhuis. Zo word je echt gek.' Ze willen pas weer op zoek gaan naar Melissa als ze een goed plan hebben. Nu zal er wat Kevin betreft niet veel van plannen maken komen. Zijn familie is over uit Suriname. Ze hebben het hele weekend feest. Fleur beloofde nog wel na te denken en ze vroeg of hij haar wilde bellen zodra hij iets had bedacht.

Jordi legt zuchtend zijn pen neer. Makkelijk gezegd. Hij heeft zich de hele avond met niets anders beziggehouden, maar hij weet niks. Langs die Jim hoeven ze niet meer te gaan, want die is nooit thuis. Bovendien gooide hij hen de laatste keer al bijna de deur uit. Hij zei dat ze Melissa met rust moesten laten en dat ze echt geen behoefte meer aan haar oude vrienden had.

Jordi bijt op de achterkant van zijn pen. Misschien heeft Jim gelijk, misschien wil Melissa echt niks meer met hen te maken hebben. Maar dan wil hij het wel van haarzelf horen. Jordi geeft van wanhoop een trap tegen zijn bureau. Waarom heeft de politie haar nog niet gevonden? Daar zijn ze toch voor? Gisteren kreeg hij een bekeuring omdat hij geen licht op zijn fiets had. Alsof dat zo erg is. Laten ze liever Melissa opsporen, dat is veel belangrijker.

Jordi hoort beneden de telefoon gaan. Hij staat meteen bij de deur.

'Jordi, voor jou.' Zijn moeders stem klinkt heel rustig. Dat betekent dus dat het Melissa niet is, anders zou ze wel anders reageren. Hij pakt de telefoon aan en neemt hem mee naar zijn kamer.

'Met Jordi.'

'Hallo Jordi,' klinkt het aan de andere kant van de lijn. 'Je spreekt met Frank Lievens. Je weet wel: van het kraakpand. Ik zou je bellen als ik iets van Melissa wist.'

'En?' vraagt Jordi.

'Ik ben haar vanmiddag tegengekomen,' zegt Frank. 'Ik moet zeggen dat ik schrok toen ik haar zag. Het gaat niet goed met haar.'

'Waar zit ze?' Jordi heeft niet eens het geduld om Frank uit te laten praten. Hij wil meteen naar haar toe.

'Dat wou ze niet vertellen,' zegt Frank. 'Maar ik weet wel dat ze vannacht naar een houseparty in de oude papierfabriek gaat. Weet je waar die staat?'

'Nee,' zegt Jordi. 'Geen idee. Wacht even, ik pak potlood en papier.'

'Het zal wel een latertje worden,' gaat Frank verder als Jordi het adres heeft genoteerd. 'Zoiets begint namelijk pas om een uur of elf. Ik hoop voor je dat ze er is, maar ze kan natuurlijk van gedachten veranderd zijn.'

'Ik snap het,' zegt Jordi. 'Hartstikke bedankt en, eh... nou, je hoort het wel.'

Het lijkt wel of Jordi zelf een paar pillen op heeft. Hij bruist ineens van de energie.

'Wie was het?' vraagt zijn moeder die hem nog steeds niet helemaal vertrouwt.

'O, iemand van school.' Jordi heeft geen zin om het te vertellen.
Zijn ouders zullen hem nooit toestemming geven om naar een
houseparty te gaan. Ze denken vast dat hij onmiddellijk zelf aan
de XTC gaat. Als zijn moeder weg is, drukt hij het nummer van
Fleur in. Hij is zo opgewonden dat hij nauwelijks kan wachten
tot er opgenomen wordt. 'Ze gaat vanavond naar een houseparty.' Hij brult het bijna als hij Fleur aan de lijn krijgt. Tegelijkertijd bedenkt hij dat hij helemaal vergeet te zeggen met wie ze
spreekt. Maar Fleur heeft zijn stem al herkend. Ze begrijpt meteen waar het over gaat. 'Heeft ze gebeld?'

'Melissa niet, maar Frank. Je weet wel: die jongen uit het kraakpand. Ik ga er natuurlijk naartoe, maar wil je mee?'

'Wat dacht jij nou?' Fleur praat zachtjes zodat haar ouders haar
niet kunnen horen.

'Zullen we vannacht om twaalf uur bij school afspreken?' vraagt
Jordi.

'Dat is veel te vroeg,' antwoordt Fleur. 'Mijn ouders gaan nooit
voor één uur naar bed. Voordat ze slapen is het kwart over een.'

'Twee uur dan,' zegt Jordi.

'Prima,' zegt Fleur. 'Ik glip vannacht om kwart voor twee de deur
uit.'

'Ik hang nu op,' zegt Jordi, 'want ik moet Kevin ook nog bellen.'

'Die heeft feest,' zegt Fleur.

'O ja.' In zijn opwinding was Jordi dat vergeten. Op de achter-
grond hoort hij gelach. 'Is Toine bij je?' vraagt hij.

'Ja,' antwoordt Fleur. 'Het is helemaal te gek. Wacht maar, bin-
nenkort hebben jullie het ook te gek samen. Wedden?'

Jordi moet lachen. Dat is echt een opmerking voor Fleur, die ziet
het alweer helemaal voor zich. 'Eh, tot twee uur, hè? Dat duurt
nog vier uur, ik mag wel zorgen dat ik wakker blijf.'

Fleur lacht hem uit. 'Alsof jij nu nog een oog kan dichtdoen.'

Ze heeft gelijk, Jordi heeft zich in tijden niet zo fit gevoeld. Hij
mag wel oppassen dat hij niet te vrolijk doet, anders krijgen zijn
ouders argwaan.

'Er begint net een goeie film,' zegt zijn vader als hij de kamer in-komt. 'Heb je zin om te kijken?'

'Best.' Jordi gaat naast zijn vader op de bank zitten. Hij vraagt niet eens waar de film over gaat. Dat kan hem ook niets schelen. Hij is in zijn gedachten toch alleen maar bij Melissa. Nog vier uurtjes, en dan ziet hij haar.

Fleur is er nog niet als Jordi midden in de nacht bij school arri-veert. Het is voor het eerst dat hij op dit uur heeft afgesproken. Hij kijkt op zijn horloge. Het is precies twee uur. Wat een timing. Het verbaast Jordi dat Fleur er nog niet is. Ze is meestal te vroeg. Misschien vond ze het eng om hier in haar eentje te moeten wach-ten. Dat snapt Jordi wel. Echt gezellig vindt hij het ook niet. Hij verwacht dat ze elk moment kan komen, maar als ze er na zeven minuten nog niet is, wordt hij ongerust. Hij hoopt niet dat er iets is misgegaan. Zelf dacht hij ook even dat zijn moeder wakker was geworden. Hij stond al met de deurknop in zijn hand toen hij iets op de gang hoorde. Voor de zekerheid heeft hij nog even gewacht, maar het bleef doodstil. Voor zijn vader hoeft hij niet bang te zijn, die man is niet wakker te krijgen. Al schiet je een kanon naast zijn bed af dan nog snurkt hij door. Maar zijn moeder slaapt juist heel licht.

Als Jordi de torenklok kwart over twee hoort slaan, wordt hij on-geduldig. Hij kan hier toch niet de rest van de nacht blijven staan? Zo dichtbij is het niet en hij moet Melissa daar nog zoeken ook. De vorige keer duurde het ook een tijd voor hij haar had gevon-den en de Florida is nog niks vergeleken met een houseparty. Daar schijnt het echt stampvol te zijn.

Op het moment dat Jordi besluit te vertrekken, ziet hij in de ver-te een fietser aankomen. Hij tuurt in het donker. Is het Fleur nou of niet? Hij zucht opgelucht als hij zijn naam hoort roepen. Hij zag zichzelf al alleen naar die party gaan.

Hijgend komt Fleur de stoep opgereden. 'Gelukkig, je bent er nog. Ik was al bang dat je weg was. Ik heb het nog nooit zo snel gefietst.'

'Was je in slaap gevallen?' vraagt Jordi.

141

Fleur schudt haar hoofd. 'Ik was net halverwege de trap toen mijn vader ineens naar de wc ging. Ik hád het niet meer. Eén blik de verkeerde kant op en ik was erbij. En wat had ik dan moeten zeggen? Ik had mijn jas al aan. Pas toen hij de wc doortrok, durfde ik naar beneden te glippen.'

'Wat erg,' zegt Jordi. 'En toen moest je weer wachten tot hij sliep voor je de deur uit kon.'

'Precies,' zegt Fleur. 'Maar je bent er nog. Hoe moeten we?'

'Rechtdoor,' zegt Jordi. 'Het is aan de rand van de stad, in de oude papierfabriek.'

'Daar helemaal? Dat is nog best ver.' Achter Jordi aan rijdt Fleur de stoep af.

Jordi praat honderduit over Melissa en wat hij allemaal tegen haar gaat zeggen. Maar na een tijdje wordt hij ineens onzeker. 'Weet je, het kan natuurlijk ook zijn dat ze niks met ons te maken wil hebben.'

Dat gelooft Fleur niet. 'Ze heeft toch geen ruzie met ons?'

'Dat weet ik wel,' zegt Jordi. 'Maar misschien heeft ze inmiddels heel andere vrienden.'

Fleur vindt dat Jordi overdrijft. 'Jij doet net of ze al een jaar weg is. Tweeënhalve week geleden zat ze nog in de klas. Ze is ons heus nog niet vergeten.'

'Ja, dat weet ik ook wel,' zegt Jordi. 'Maar waarom heeft ze dan niet gebeld?'

'Maak je nou geen zorgen,' zegt Fleur. 'We nemen haar gewoon mee naar huis en dan is alles weer normaal.'

Jordi vindt wel dat Fleur er erg luchtig over doet, maar hij houdt zijn mond. Als hij blijft zeuren, wordt het er ook niet gezelliger op.

'Nu weet ik het even niet,' zegt Jordi als ze bij een kruising zijn. 'Ik denk dat we hierheen moeten.' Ze slaan rechtsaf. Voor hen rijden een paar gabbers.

Fleur geeft Jordi een por. 'Dat komt goed uit. We hoeven alleen die gabbers maar te volgen.'

Vijf minuten later zetten Jordi en Fleur hun fiets voor de papierfabriek op slot. Ze willen net weglopen als er een jongen met een kaal hoofd op hen afstapt. 'Hé kleintjes, jullie willen hier toch niet naar binnen?'

'Hoezo niet?' vraagt Jordi. 'We betalen toch.'

'Je moet veel ouder zijn,' zegt de jongen.

Jordi kijkt Fleur aan. Die jongen heeft gelijk. De Florida kwam hij ook niet in. En de kans dat ze hier een bekende tegenkomen lijkt hem klein. Jordi zucht. Is dat even een misrekening. Nu zijn ze hier en dan mogen ze er niet in. Maar ze denken er niet over terug te gaan.

'Jammer hè?' zegt de jongen weer. Inmiddels zijn er nog twee andere jongens bij komen staan.

Jordi vraagt zich af wat ze van hen willen. Maar hij zegt niks. Dit zijn types met wie je geen ruzie moet krijgen, dat heeft hij al gezien. Gelukkig houdt Fleur ook haar mond.

Een van de jongens doet een stap naar voren. 'Jullie willen zeker lekker slikken, hè?'

Ja vast, denkt Jordi, daar zitten we nou echt op te wachten. Een ander die er ook bij komt staan, wenkt hen dat ze mee moeten komen. Jordi en Fleur kijken elkaar aan. Moeten ze daarop ingaan?

Misschien weten de jongens een geheime ingang. Daar wil Jordi best voor betalen. Dan bedenkt hij dat hen niks kan gebeuren, ze zijn toch met z'n tweetjes, en ze lopen met de jongens mee.

In een donker hoekje blijven de jongens staan. 'Als een van jullie lopertje wil spelen, loodsen we jullie naar binnen,' zegt er een.

'Lopertje?' Jordi ziet aan Fleurs gezicht dat ze ook niet begrijpt wat daarmee wordt bedoeld.

Twee jongens gaan op de uitkijk staan. Als de kust veilig is, haalt de ander een doosje uit zijn zak. 'Deze pillen moeten naar binnen.'

Nu hebben Jordi en Fleur door wat ze met lopertje bedoelen. Zij moeten die pillen naar binnen smokkelen, net als Melissa voor Jim. Nou, dat nooit. Stel je voor dat ze gepakt worden. Trouwens, aan de buitenkant kun je niet zien of die pillen wel deugen. Zo meteen zit er atropine in en dan heeft hij straks een moord op zijn geweten.

'Niet?' vraagt de jongen.

'Nee,' zegt Jordi beslist.

'Dan niet.' De jongen stopt het doosje weer in zijn zak en loopt weg.

'Of wou jij het wel?' Jordi realiseert zich dat hij ook voor Fleur heeft gesproken.

'Natuurlijk niet,' zegt Fleur. 'Dan maar niet naar binnen. Maar laten we het wel proberen, je weet maar nooit.'

Zo nonchalant mogelijk, alsof ze al heel wat houseparty's hebben bezocht, stappen ze op de ingang af.

'Doe geen moeite,' zegt de portier als Jordi zijn portemonnee tevoorschijn haalt. 'Jullie zijn nog te jong.'

Nog voordat Jordi er tegenin kan gaan, gaat de deur open. 'Ik heb de ambulance moeten bellen,' zegt een man.

'Alweer?' vraagt de portier. 'Dat is de derde keer vanavond.'

Nu komt er nog iemand bij. Het is duidelijk dat hij de leiding heeft. Hij valt uit tegen de portier. 'Zit jij hier te maffen of zo?'

'Het hoeft er maar één te zijn,' zegt de portier. 'Ik kan toch niet iedereen fouilleren.'

'Ze zeggen dat er iemand met een handeltje uit Oost-Europa binnen is,' zegt weer een ander. De mannen schrikken. 'Dat gif!'

Jordi wil horen wat de mannen nog meer te zeggen hebben, maar het geluid van een sirene overstemt hen.

De portier wijst in het donker. 'Daar zal je hem hebben.'

Met zwaailicht giert een ambulance de hoek om. Hij stopt vlak voor hen. Twee ziekenbroeders springen eruit. Ze rennen naar de achterkant van de auto, tillen een brancard naar buiten en lopen haastig langs de portier naar binnen.

'Opzij allemaal!' De portier duwt een aantal jongens en meisjes naar achteren. 'Zo meteen kunnen ze er niet door.'

Iedereen praat erover.

'Misschien valt het mee,' zegt een meisje.

'Denk dat maar niet,' horen ze een jongen zeggen. 'Ik kom er net vandaan. Ze hebben haar in de wc gevonden, helemaal bewusteloos. Er was geen leven in te krijgen. Ze hebben het zelfs met emmers water geprobeerd.'

Als de deur opengaat, gluurt Jordi naar binnen of hij Melissa ziet. 'Aan de kant!' wordt er geroepen. De broeders komen er weer aan. Jordi en Fleur draaien hun hoofd weg, maar als de brancard vlak langs hen komt, kijkt Jordi toch.

'Opgepast,' zegt de broeder die voorop loopt.

Jordi ziet eerst alleen een wit laken. Maar als de achterste broeder naast hem is, ziet hij een spierwit gezicht boven het laken. Tegelijkertijd geeft hij een gil. 'Melissa!' schreeuwt hij. 'Het is Melissa!'

21

Jordi is 's nachts met de ambulance mee naar het ziekenhuis gereden. Fleur mocht niet mee. Toen ze verontwaardigd haar mond opendeed, legde een broeder gehaast uit dat er echt maar één begeleider mee mocht. Daarna heeft Fleur haar vader gebeld dat hij haar moest komen halen. Zodra het licht werd, zouden ze langs de ouders van Jordi gaan.

Toen ze in het ziekenhuis kwamen, heeft Jordi de naam en het adres van Melissa aan de dokter opgegeven. Melissa's ouders zullen zich wel te pletter schrikken als ze hun dochter zo terugzien. Het is al bijna ochtend. Jordi zit in een kleine witte kamer, naast het ziekenhuisbed. Hij kan nauwelijks geloven dat het Melissa is die daar ligt. Haar gezicht is krijtwit en haar ogen zijn gesloten. Hij ziet overal slangen. In haar neus en in haar armen. En op haar lijf zitten met rode plakkers draden vast die in verbinding staan met een apparaat dat haar bloeddruk en hartslag meet.

Jordi kijkt naar de zuster die binnenkomt. Nadat ze een blik op het apparaat heeft geworpen, loopt ze haastig weg. Jordi wordt bang. Zou het mis zijn? Zou ze de dokter halen? Vol spanning luistert hij naar de piepjes die uit het apparaat komen. Hij kan geen verandering ontdekken en aan de witte deken te zien, leeft ze gelukkig nog.

Hij moet aan Frank en Kelly denken die een week geleden precies zo naast het bed van Mette zaten. Hij vraagt zich af hoe lang het zal duren voor het apparaat stilvalt. Een minuut, een half uur misschien?

Hij ziet voor zich hoe hij straks het ziekenhuis uit zal komen, zonder Melissa. Wat zal het stil zijn. Nog sterker dan anders beseft hij hoe belangrijk ze voor hem is. Hij had zijn school allang opgegeven als Melissa er niet was geweest. Hij heeft niet voor niks zo hard gewerkt in de brugklas. Hij wou koste wat kost bij Melissa in de klas blijven. Bij die prachtige ogen en die leuke lach die hem altijd opvrolijkt. Hij moet er niet aan denken hoe zijn leven er nu uit zal komen te zien. Terwijl hij nog dichter tegen het bed aan gaat zitten fluistert hij haar naam. 'Melissa, word alsjeblieft wakker. Het komt allemaal goed, je hoeft niet bang te zijn. Niemand is boos op je, echt waar, niemand.' Maar Melissa geeft geen reactie.

Opnieuw komt de verpleegster binnen. Dit keer bevestigt ze een extra fles aan het infuus.

'Dat is vocht,' zegt ze. 'Je vriendin is uitgedroogd.'

'Komt dat door de atropine?' vraagt Jordi.

De verpleegster schudt haar hoofd. 'Er is geen atropine in haar bloed gevonden. Ze heeft te veel pillen geslikt, daardoor is haar temperatuur te hoog geworden. En als je dan maar door danst en niet genoeg drinkt, gaat het mis.'

Ik moet het weten, denkt Jordi, ik moet het weten. Hij durft het bijna niet te vragen, maar als de verpleegster zich omdraait, doet hij het toch. 'Zuster...' Verder komt hij niet. De tranen stromen over zijn wangen.

'Ik weet wat je wilt vragen.' De verpleegster legt een hand op zijn schouder. 'We kunnen nog niks met zekerheid zeggen. De een komt erdoorheen, de ander niet.'

Dus niet, denkt Jordi. Zeg het nou maar eerlijk, Melissa komt niet meer bij. Ze gaat dood, net als Mette.

Hij slaat zijn handen voor zijn gezicht. Jordi denkt aan het briefje dat een tijd geleden op zijn tafel viel. HELP stond erop. Melissa moet toen wanhopig zijn geweest. Ze moet gevoeld hebben dat het mis zou gaan. Hij had haar mee moeten nemen. Ze hadden naar Engeland kunnen gaan, naar zijn penfriend Steve. Daar zouden ze zeker terecht hebben gekund. Maar in plaats van dat hij haar bij Jim vandaan hield, heeft hij haar naar de studio gebracht. Hij heeft haar regelrecht in de armen van Jim gedreven. Stommer kan toch niet...

Jordi kijkt op als de deur opengaat. Met witte gezichten komen Melissa's ouders binnen. Jordi heeft hen ongeveer twee weken geleden voor het laatst gezien. Het lijkt wel of ze in die veertien dagen tien jaar ouder zijn geworden.

'Melissa, meisje toch...' De stem van meneer de Raaf breekt als hij zijn dochter ziet liggen. En Melissa's moeder barst in snikken uit.

Jordi weet niet hoe lang hij al naast het bed van Melissa zit. Het lijkt uren geleden dat hij het buiten licht zag worden. Voor de tweede keer komt de verpleegster hun iets aanbieden. Ze nemen niet meer dan een paar slokjes thee en dan nog alleen omdat de verpleegster zo aandringt.

'Wil je niet even rusten?' vraagt de verpleegster als ze Jordi's vermoeide gezicht ziet. 'We waarschuwen je zodra er iets in de situatie verandert.'

Maar Jordi piekert er niet over om weg te gaan.

Met zijn drietjes zitten ze rond het bed. Jordi vindt het allemaal nog moeilijker nu de ouders van Melissa erbij zijn. Nu ziet hij niet alleen zijn eigen verdriet, maar ook dat van meneer en mevrouw de Raaf.

Melissa's vader staart bewegingloos voor zich uit. Melissa's moeder daarentegen praat van de spanning aan een stuk door tegen Melissa, alsof ze het kan verstaan. Ze oppert het ene plan na het andere voor als haar dochter weer thuis is. Dat vindt Jordi nog het verdrietigst. Hij weet dat die plannen nooit uitgevoerd zullen worden.

Zelf houdt hij krampachtig Melissa's hand vast. Het doet hem denken aan vroeger, toen hij voor het eerst naar de kleuterklas werd gebracht. Toen hield hij zijn moeders hand ook vast, bang dat ze weg zou gaan. Nu is hij bang dat Melissa hem achterlaat. Het lijkt of hij voor een donker gat staat, oneindig diep, waar hij elk moment in kan vallen.

Jordi streelt zachtjes Melissa's hand. Hij heeft het gevoel dat hij voorgoed afscheid moet nemen. Langzaam glijdt zijn blik langs de deken naar het bleke gezicht. Wat hij dan ziet, durft hij niet te geloven. Melissa's ogen gaan open.

'Melissa...' fluistert Jordi.

Melissa lacht naar hem, heel even, en dan vallen haar ogen weer dicht.

De arts moet de woorden een paar keer herhalen, voordat Jordi het durft te geloven. 'Het levensgevaar is geweken, ze slaapt nu.' Melissa's moeder valt de dokter om de hals en Melissa's vader geeft Jordi van vreugde een zoen. Dit zal Melissa niet willen geloven, denkt Jordi. Een zoen van haar vader, die altijd zo autoritair en afstandelijk is.

Ze mogen nog een kwartiertje bij Melissa blijven en dan stuurt de dokter hen weg. 'Melissa is uitgeput. Ze heeft rust nodig. Als u geluk hebt, is ze vanavond al een beetje aanspreekbaar.'

Nu vindt Jordi het niet erg om Melissa achter te laten. Hij huppelt bijna het ziekenhuis uit.

'Kan ik je een lift geven?' vraagt meneer de Raaf als ze buiten staan.

Jordi vindt het heel aardig, maar hij wil liever met de fiets. Op hetzelfde moment herinnert hij zich dat hij met de ambulance is meegereden.

Jordi stapt in de auto en laat zich naar huis rijden. Hij heeft geen zin zijn fiets bij de papierfabriek op te halen. Eerst wil hij zich opfrissen. Er gaan allerlei fijne gedachten door zijn hoofd. Hij denkt aan de zomer. Wat zullen ze het fijn hebben op Kreta. En hun Zomertoer kan ook doorgaan. Jordi denkt vast dat het leuk wordt, vooral nu Toine ook weer meegaat. Dat weet Melissa nog niet eens. Jordi zucht. Er is nog zoveel dat Melissa niet weet. Bijvoorbeeld dat haar oma beter wordt en hij moet haar ook nog vertellen dat hij verliefd op haar is. Nu de spanning voorbij is, krijgt hij trek. Hij neemt zich voor een omelet voor zichzelf te maken, maar eerst wil hij Kevin en Fleur bellen.

Jordi is in feeststemming. Nog geen half uur geleden dacht hij dat hij Melissa ging verliezen.

Wat nou, omelet, denkt hij als de auto voor zijn huis stopt, ik vraag aan Fleur en Kevin of ze mee naar McDonald's gaan. Een Big Mac, daar heb ik nou echt trek in en Kevin vast ook. We moeten toch zeker vieren dat het zo goed is afgelopen?

Als hij uit de auto stapt, voelt Jordi pas hoe moe hij is. Met zwabberbenen loopt hij naar de deur.

Jordi kan het wel uitschreeuwen als hij thuiskomt. 'Melissa wordt weer helemaal beter.'

Het is een tijd geleden dat hij onder de douche heeft gezongen. Bij Kevin werd de telefoon niet opgenomen, daar hebben ze natuurlijk de halve nacht gefeest. Fleur was ook opgelucht, maar ze wilde niet naar McDonald's, ze had net gegeten.

Als Jordi een omelet wil klaarmaken, drukt zijn vader hem op de stoel. 'Ga jij maar zitten, je bent veel te moe.'

Jordi's moeder komt er ook bij. Jordi kan merken dat Fleur haar werk goed gedaan heeft, ze zeuren tenminste niet over zijn nachtelijke ontsnapping. In het begin is hij nog te vrolijk om ergens op te letten, maar als de ergste roes voorbij is, valt het hem op dat zijn ouders niet blij zijn.

'Melissa is terug, hoor, als jullie het nog niet wisten,' zegt Jordi. Vader breekt het ei boven de koekenpan. 'Ja, gelukkig wel.'

Jordi kijkt zijn ouders aan. 'Interesseert het jullie eigenlijk wel?'

'Natuurlijk vinden wij het fijn,' zegt vader. 'Melissa is gevonden, maar daarmee is nog niks opgelost.'

'Wat nou: opgelost?' Jordi snapt die reactie niet. 'Over een paar dagen mag ze misschien naar huis. En dan wordt alles weer net als vroeger.'

Vader draait het gas onder de pan hoog. 'Tot ze weer de benen neemt.'

Jordi kijkt zijn vader aan. Hij voelt dat hij kwaad wordt. 'Wat is dat nou voor negatief gedoe! O, ik snap het al. Jullie denken: eens een dief altijd een dief.'

'Dat bedoelt papa niet,' zegt zijn moeder. 'Maar de kans is groot dat het allemaal van voren af aan begint.'

Jordi staat op en loopt naar de deur. 'Jullie zitten er gewoon op te wachten. Waarom sluiten jullie geen weddenschap af? Lekker fris, zeg. Het gaat wel mooi over mijn vriendin, hoor!' En hij stampt naar boven.

Wat een stelletje gekken. Jordi neemt zich voor voorlopig niet beneden te komen. Hij haalt straks wel een patatje, die omelet eten ze zelf maar op.

Jordi is nog steeds razend als hij iemand de trap op hoort komen.

Hij hoopt niet dat het zijn moeder is, daar heeft hij echt geen zin in. Hij overweegt de deur op slot te draaien maar Fleur komt al binnen.

Ze kijkt verbaasd naar Jordi. 'Wat zie jij er kwaad uit?'

Jordi barst meteen los. Dat hij toch wel de ergste ouders heeft die er bestaan en dat ze nodig naar de psychiater moeten. En dat het een wonder is dat hij nog zo normaal is geworden. 'Wat kijk je nou naar me?' vraagt hij als hij is uitgeraasd.

'Je bent wel erg boos, hè?' vraagt Fleur.

'Vind je het gek?' zegt Jordi. 'Zijn we allemaal opgelucht dat het voorbij is en dan beginnen zij nog eens.'

Fleur gaat op bed zitten. 'Misschien ben je wel niet zo opgelucht als je denkt. Waarom zou je anders zo kwaad zijn?'

Als Jordi haar vol onbegrip aankijkt, slaat ze een arm om hem heen. 'Je bent bang,' zegt ze. 'En dat is niet zo gek. We zijn allemaal bang. Alleen jouw ouders spreken het uit.'

Jordi wil er tegenin gaan, maar in zijn hart weet hij dat Fleur gelijk heeft. Zolang Melissa veilig in het ziekenhuis ligt, hoeven ze zich nergens druk om te maken. Maar wat gebeurt er als ze thuis is en weer gaat slikken?

'Wat denk jij?' vraagt Jordi.

Fleur haalt haar schouders op. 'Ik weet het niet. En jij? Eerlijk zeggen.'

En dan blijft het heel lang stil.

22

Melissa heeft geluk gehad. Ze is uitgebreid onderzocht en het blijkt dat ze geen blijvend letsel heeft opgelopen. Toch moet ze nog een paar dagen in het ziekenhuis blijven.

Als Jordi op bezoek komt, kijkt hij verrast op. Melissa ligt niet meer te slapen, zoals gisteren, maar zit rechtop in bed met haar discman op.

'Dat gaat goed,' zegt Jordi.

Melissa knikt. 'Ik ben ook alweer een paar uurtjes op geweest. En kijk eens wat ik heb gekregen?' Ze wijst naar een fruitmand die naast haar bed staat. 'Van de klas.'

'Dat wist ik,' zegt Jordi.

'En ik heb ook een kaart van Debby gekregen. Dat vind ik wel tof van haar.'

Jordi kijkt naar Melissa. En dan vraagt hij wat hij al zo lang wil weten. 'Als je er niet over wilt praten moet je het zeggen, hoor, maar eh... wist Jim echt niet waar je zat?'

'Jim!' Melissa reageert heel fel. Jordi heeft spijt dat hij die naam heeft genoemd.

'Sorry,' zegt hij als Melissa haar gezicht afwendt.

'Oké.' Melissa zucht diep. 'Je hebt er recht op om het te weten.' En ze vertelt hoe het is gelopen, vanaf het moment dat ze bij Jim achter op de scooter was gestapt.

Toen ze bij Jim thuis kwam, had hij nog heel gewoon gedaan. Ze had een pilletje van hem gekregen. Zelf had hij er ook een paar genomen. Achteraf denkt Melissa dat die pillen misschien verkeerd gevallen waren, want ineens werd Jim heel vijandig.

'Hij begon tegen me te schreeuwen dat ik bij hem in het krijt stond,' zegt Melissa.

'In het krijt?'

Melissa haalt haar schouders op. 'Ik wist ook niet wat hij bedoelde. Je raadt nooit waar het over ging.'

'Geen idee,' zegt Jordi.

'Weet je nog dat ik toen in de discotheek ben gepakt met die pillen?' Als Jordi knikt gaat Melissa verder. 'Die had Jim in mijn zak gestopt.'

'Dat wist ik allang,' zegt Jordi. 'Maar daar kun jij toch niks aan doen.'

'Hij zei dat het mijn schuld was dat ik werd gefouilleerd. Ik had zogenaamd de aandacht op me gevestigd toen de politie de Florida binnenkwam en daardoor was hij honderden euro's misgelopen.'

'Die durft,' zegt Jordi. 'Hij had zijn excuses wel eens mogen aanbieden.'

'Nou dat vond hij niet, hoor,' zegt Melissa. 'Hij zei doodleuk dat ik dat geld terug moest verdienen.'

Jordi ziet dat Melissa weer kwaad wordt als ze erover praat.

'Hou er maar over op,' zegt hij. 'Je maakt je veel te druk, dat is niet goed.'

'Luister nou,' zegt Melissa. 'Het ergste komt nog. Weet je wat hij wou dat ik deed?'

'Nou?'

'Ik moest drugs verkopen op een basisschool.'

Jordi schrikt. 'Heb je dat echt gedaan?' Hij heeft een keer gelezen hoe dat gaat. Die kinderen gebruiken die pillen niet zelf, maar verkopen ze door. En dan komen ze in het criminele circuit terecht. Als je zoiets doet heb je geen geweten. Het idee dat Melissa zich daar schuldig aan heeft gemaakt...

'Natuurlijk heb ik dat niet gedaan,' zegt Melissa. 'Ik ben niet gek. Ik zei dat ik zoiets walgelijks nooit zou doen.'

'En toen?'

'Toen werd hij kwaad. Hij begon me uit te schelden. En hij zei dat ik overal te stom voor was. En dat ik absoluut niet kon dansen. "Ik krijg jou nog wel," dreigde hij. En toen ben ik weggerend. Het was zo moeilijk, Jordi. Ik was helemaal overstuur en ik wist niet waar ik heen moest.'

'Waarom ging je niet gewoon naar huis?' vraagt Jordi.

Melissa haalt haar schouders op. 'Dat durfde ik niet, ik schaamde me zo. Ik durfde mijn ouders niet meer onder ogen te komen.

Ik had al mijn hoop op die clip gevestigd. Dan waren ze trots op me geweest en had ik een excuus gehad voor al die leugens en die drugs. Ik had het gevoel dat ik alles verpest had, ook op school.'

'Waar ben je toen heen gegaan?' vraagt Jordi.

'Weet je dat ik het niet eens meer weet... Ik heb uren rondgelopen. Uiteindelijk kwam ik bij het station en toen ontmoette ik Kelly. Ik denk dat ik er heel zielig uitzag, want ze had medelijden met me en nam me mee naar een kraakpand.'

'Dat weet ik, en ook dat je de volgende ochtend was verdwenen. Maar wat gebeurde er daarna?'

'Toen kwam ik Hennes tegen, hij was ook weggelopen van huis. Sinds een paar dagen woonde hij bij zijn vrienden op een woonboot. Hij zei dat ik daar ook terecht kon en dat heb ik gedaan. Het was een prachtige blauwe boot in de Bierkade.' Melissa slaat haar ogen neer.

Jordi schrikt. Zou ze verliefd op die Hennes zijn geworden? 'Vond je het fijn daar?' vraagt hij voorzichtig.

Melissa schudt haar hoofd. 'Het was zo moeilijk.' Jordi ziet dat er een traan op de deken drupt. 'Ik miste iedereen zo. Mijn ouders en jou en Fleur en Kevin. Ik werd steeds depressiever en daardoor ging ik nog meer slikken. Op die avond van de houseparty had ik vijf pillen op. Nou, hoe het verder ging weet je.'

'In elk geval is Jim voorgoed voorbij,' zegt Jordi opgelucht.

'O nee, dat mocht hij willen.' Melissa schreeuwt het bijna. 'Nu zoekt hij zeker weer een ander die zijn vuile klusjes voor hem opknapt. Ik pak hem terug, Jordi. Ik rust niet voordat hij vastzit.'

Jordi ziet aan Melissa dat ze het meent. Zodra ze sterk genoeg is, zal ze achter Jim aan gaan. Hij wordt meteen weer ongerust. Jim is voor geen cent te vertrouwen. Als Melissa te lastig wordt, zal hij haar zo uit de weg ruimen. Hij wil Melissa voor Jim waarschuwen, net als de politie bij hem deed. Maar hij ziet dat ze moe is. Ze zakt terug in haar kussen en even later vallen haar ogen dicht.

Jordi staat op om naar huis te gaan. Onderweg denkt hij nog over Melissa's woorden na. Ze moet Jim met rust laten.

Als Jordi tien minuten later de kamer in komt, vouwt zijn vader de krant voor hem open. Dat doet hij wel vaker als hij vindt dat Jordi iets moet lezen. 'Hoe heet die danser ook alweer met wie Melissa omging?'

'Jim Todd,' antwoordt Jordi.

'Dan is hij gepakt.'

'Wat...?' Jordi buigt zich meteen over de krant.

Zijn ogen glijden over de kleine letters. De politie heeft een belangrijke drugsbende opgerold. Een van de hoofdverdachten is in hechtenis genomen, ene Jim Todd.

'Ze hebben hem!' Jordi kan zijn geluk niet op. Hij knipt het artikel meteen uit.

'Wat ga je doen?' vraagt zijn vader als Jordi zijn jas aantrekt.

'Dit breng ik even naar het ziekenhuis.' Jordi stopt het artikel in zijn zak. 'Ik denk dat Melissa daar heel erg van zal opknappen.'

'We gaan zo eten,' roept zijn moeder hem na. Maar Jordi is al weg.

Het is nu alweer zes weken geleden dat Melissa uit het ziekenhuis werd ontslagen en het gaat heel goed met haar. Af en toe vergeten haar vrienden zelfs wat er allemaal is gebeurd. Vooral Kevin, want die heeft eindelijk zijn draaistuur gekregen. Hij is nu helemaal niet meer van zijn BMX af te slaan. En Fleur is meestal bij Toine. Jordi maakt zich nog wel snel zorgen, net als Melissa's ouders. Melissa hoeft maar een paar minuten te laat thuis te zijn of ze hangen al aan de telefoon. Gelukkig zoeken ze niet overal meer iets achter, dat doet Jordi ook niet. Als Melissa in het begin onder de les naar de wc ging, was hij nog bang dat ze niet terug zou komen. Maar nu het al zo lang goed gaat, hebben ze meer vertrouwen.

Morgen begint de proefwerkweek. Jordi is meteen na school aan zijn huiswerk begonnen. Ze krijgen twee proefwerken per dag. Jordi haat de proefwerkweek; hij wordt er altijd zo gestresst van dat hij elke dag moet presteren.

Hij zit verdiept in de chromosomen als de telefoon hem stoort. Mopperend loopt hij naar beneden. Fleur wil natuurlijk weten hoe laat ze zijn schrift mag halen. Het spijt hem voor haar, maar dat kan vanavond pas. Hij heeft echt nog wel even voor zijn biologie nodig. Ze had de hele week de tijd om zijn aantekeningen over te schrijven.

'Met Jordi?'

'Jordi, je spreekt met Anne de Raaf. Melissa is niet thuis, zit ze soms bij jou?' klinkt het gehaast.

'Nee.' Jordi voelt dat de paniek meteen toeslaat. Niet alleen bij mevrouw de Raaf maar ook bij hem.

'Ze is wel thuis geweest,' zegt Melissa's moeder. 'O Jordi, ik ben zo bang dat het weer mis is. Ze heeft haar bankpasje meegenomen. Vanochtend lag het nog op haar bureau maar nu is het weg.'

'Haar bankpasje?' Jordi durft zijn gedachten niet uit te spreken. Als hij heeft opgelegd, belt hij meteen Kevin. Maar die is niet thuis; hij zal wel op de skatebaan zijn. Fleur is er gelukkig wel. Ze schrikt net zo erg als Jordi. 'Heb jij enig idee waar ze kan zijn?'

'Bij Hennes,' zegt Jordi. 'Je weet wel, de jongen van die woonboot met wie ze al die tijd is opgetrokken.'

'Dan moeten we daarheen,' zegt Fleur. 'Weet je waar dat ding ligt?'

'Ze heeft het verteld.' Jordi moet wel nadenken, maar dan weet hij het weer. 'Het was een blauwe boot, in de... het had iets met drank te maken. O ja, in de Bierkade.'

Nog geen tien minuten later rijden Fleur en Jordi door de stad. Ze fietsen keihard. Zonder dat ze het uitspreken, denken ze allebei hetzelfde: we moeten er zijn voordat Melissa iets heeft gebruikt.

'Dat wordt niet gemakkelijk,' zegt Fleur als ze op de Bierkade zijn. 'Het barst hier van de woonboten.'

'Maar ze zijn niet allemaal blauw,' zegt Jordi.

Als ze over de kade rijden, wijst Fleur in de verte. 'Dan moet dat hem zijn.'

Van een afstand ziet Jordi de blauwe boot, maar als hij dichterbij komt, staat Melissa's fiets er niet.

'Toch maar even vragen.' Een paar tellen later klopt Jordi aan. Een meisje doet open.

'Woont hier een of andere Hennes?' vraagt Jordi.

'Niet meer,' zegt het meisje. 'Die hebben we gedumpt. Een beetje blowen doen we allemaal, maar hij ging aan de heroïne en daar moeten we hier niks van hebben. Je kan erop wachten dat je dan ineens je cd-speler kwijt bent of je tv.'

'Heb je een idee waar we hem kunnen vinden?' vraagt Fleur.

'Geen idee,' zegt het meisje. 'Ik ga weer want ik hing aan de telefoon.' En ze doet de deur dicht.

Fleur en Jordi kijken elkaar aan. Als Melissa echt bij die Hennes is, dan gaat het dus helemaal mis.

'Weet je dat je al na twee shots verslaafd kan zijn,' zegt Jordi.

Fleur legt een hand op zijn arm. 'Luister, als het zo gaat, dan kiest Melissa daar zelf voor, dan moeten wij haar loslaten. Echt waar, hoe verdrietig het ook is.'

Jordi zegt niks. Hij weet dat het waar is wat Fleur zegt. Als het echt zo is dan zal hij Melissa moeten vergeten. Hij ziet haar al voor zich. Heel mager, met allemaal blauwe plekken op haar arm. Zouden zijn ouders dan toch gelijk krijgen?

Stilletjes rijden ze door de stad. Net als een aantal weken geleden kijken ze overal rond of ze Melissa zien. Omdat Fleur vroeg moet eten, nemen ze bij de ophaalbrug afscheid. Jordi belooft Fleur vanavond te bellen.

Als hij het centrum uit rijdt, komt hij langs de kerk die wordt afgebroken. Op een ander moment zou hij daar zeker zijn afgestapt om te blijven kijken, maar nu rijdt hij gewoon door. Het interesseert hem niet. Niks interesseert hem meer. Als Melissa aan de heroïne is, dan... Hij denkt aan haar ouders en aan haar oma die net zo veel verdriet zullen krijgen als hijzelf. Ze dachten nog wel dat het zo goed ging. Iedereen dacht dat.

Hij was er zelf ook van overtuigd dat Melissa er doorheen kwam. Het leek of ze ineens weer overal belangstelling voor kreeg. Dat was dus niet zo. Ze heeft de schijn wel goed weten op te houden. Jordi slaat linksaf.

Hij wil nog even langs Melissa's ouders. Sinds die gebeurtenis in het ziekenhuis is er toch een band tussen hen ontstaan.

'En?' vraagt mevrouw de Raaf als ze de deur opendoet.

Jordi schudt zijn hoofd. 'Ze is nergens.'

'Jongen toch.' Melissa's moeder legt haar hoofd op Jordi's schouder en begint te snikken. 'Jij hebt alles gedaan wat je kon Jordi, je bent een fantastische vriend voor Melissa geweest.'

Geweest? Er gaat een rilling door Jordi heen.

Anne de Raaf schenkt cola voor hem in. Eigenlijk heeft hij geen dorst maar hij vindt het flauw om het niet op te drinken. Zijn glas is al half leeg als de voordeur opengaat.

'Melissa...' Jordi rent de gang in.

'Hèhè.' Melissa komt binnen of er niks aan de hand is.

'We zullen maar niet vragen waar je vandaan komt,' zegt Melissa's vader.

'Nee, dat lijkt me onzin.' Melissa pikt een koekje uit de trommel en neemt een hap. 'Dat wisten jullie al. Het was gezellig bij Inge. Ik ben zo blij dat ik de stap heb gezet. Ik dacht dat ze boos was, maar ze vindt het heerlijk dat ik weer op jazzballet kom.'

Jordi ziet aan Melissa's ouders dat ze dit verhaal niet geloven. Zelf denkt hij ook dat het een smoes is. Waarom zou ze er buiten hun medeweten heen gegaan zijn? Ze weet toch hoe snel iedereen ongerust is.

'Waar had je je pasje voor nodig?' vraagt mevrouw de Raaf.

'O, ik heb bloemen voor Inge gekocht. Ik vond echt dat ik iets goed te maken had.' Als Melissa het gezicht van haar moeder ziet, krijgt ze iets door. 'Jullie geloven me toch wel?'

'We waren ongerust,' omzeilt mevrouw de Raaf de vraag. 'Je had niks gezegd.'

'Ik heb toch een briefje achtergelaten,' zegt Melissa verontwaardigd. 'Is dat soms niet genoeg?'

'Een briefje?'

'Ja, op het kastje.' Melissa wil het pakken, maar het ligt er niet meer.

'Misschien is het erachter gevallen.' Vader bukt zich. Een tel later houdt hij het omhoog.

Jordi kijkt Melissa aan. Ze ziet er heel rustig uit. Hij zou haar bijna geloven, maar dat heeft hij al zo vaak gedaan.

'Ik haal even wat te drinken. Wil jij hem opnemen, mam,' roept Melissa vanuit de keuken als de telefoon gaat.

'Ah, Inge,' hoort Jordi mevrouw de Raaf zeggen. 'Ja, vind je ook dat het goed met haar gaat? Nee, je hoeft mij niet te bedanken, hoor. Die bloemen heeft Melissa zelf betaald. Het was haar eigen initiatief. Dus er staat weer een uitvoering op het programma? Nou, dan zijn we er, hoor.'

Jordi kijkt naar Melissa. Ze is wel bij Inge geweest. Het gaat hartstikke goed met haar. Ze wil zelfs weer naar jazzballet.

'Mag ik Fleur even bellen?' vraagt hij als mevrouw de Raaf heeft opgelegd.

'Kom maar.' Melissa geeft de telefoon aan Jordi en neemt hem mee naar haar kamer.

'Hoi Fleur,' zegt Jordi. Hij wil niet dat Melissa merkt dat ze bezorgd waren daarom doet hij net of hij over het biologieproefwerk belt. 'Als je mijn aantekeningen van biologie nodig hebt, moet je ze na achten komen halen. En eh... ik zit nu bij Melissa. Ja, ze komt net van Inge, ze gaat weer op jazzballet.'

Melissa kent Jordi zo goed dat ze het doorheeft.

'Jullie waren ongerust,' zegt ze. 'Jullie dachten...'

Jordi wordt rood. 'Sorry, maar het is nog zo kort geleden.' Hij verwacht dat Melissa boos zal worden, maar ze pakt zijn hand. 'Jullie zijn schatten, geloof me, het is echt voorbij. Ik voel het. Kom je kijken als ik een uitvoering heb?'

'Nou en of.' Jordi kijkt in Melissa's ogen. Wat ben je mooi, denkt hij. Hij zou zo graag tegen haar willen zeggen dat hij verliefd op haar is, maar dat doet hij niet. Melissa is nog te druk met zichzelf. Van de zomer, als ze samen op Kreta zijn, ver van school, ver van Hennes en Jim, dan krijgt ze het te horen.

Hij ziet hoe Melissa naar hem kijkt. 'Waar denk je aan?' vraagt hij.

'Ik wilde je iets zeggen.' Melissa aarzelt even. 'Maar misschien is het nog te vroeg.'

'Dat is toevallig,' zegt Jordi. 'Ik wou jou ook iets zeggen maar ik vond ook dat ik beter nog even kon wachten.'

Ze kijken elkaar aan en dan weet Jordi dat Fleur gelijk had. Melissa houdt ook van hem. Hij leest het in haar ogen.

'Dus we zeggen nog niks?' Melissa strijkt met haar vinger langs zijn lippen.

'Nee,' lacht Jordi. En dan gaan hun hoofden heel dicht naar elkaar toe en ineens zoenen ze.

Jordi kijkt Melissa smoorverliefd aan. 'Ik...'

'Ssst...' fluistert Melissa. 'We zouden niks zeggen.' Ze neemt Jordi's gezicht tussen haar handen. En dan kust ze hem, lang en innig.